A CIDADE ILHADA

MILTON HATOUM

A cidade ilhada

Contos

8ª reimpressão

Copyright © 2009 by Milton Hatoum

Grafia atualizada segundo o Acordo Ortográfico da Língua Portuguesa de 1990, que entrou em vigor no Brasil em 2009.

Capa
Fabio Uehara sobre projeto gráfico de Angelo Venosa

Imagem da capa
Navio em Santarém, Luiz Braga, 2007

Preparação
Márcia Copola

Revisão
Ana Maria Barbosa
Marise Leal

Os personagens e as situações desta obra são reais apenas no universo da ficção; não se referem a pessoas e fatos concretos, e não emitem opinião sobre eles.

Dados Internacionais de Catalogação na Publicação (CIP)
(Câmara Brasileira do Livro, SP, Brasil)

Hatoum, Milton
    A cidade ilhada : contos / Milton Hatoum. — São Paulo :
Companhia das Letras, 2009.

    ISBN 978-85-359-1387-3

    1. Contos brasileiros I. Título.

08-12269   CDD-869.93

    Índice para catálogo sistemático:
    1. Contos : Literatura brasileira 869.93

[2017]
Todos os direitos desta edição reservados à
EDITORA SCHWARCZ S.A.
Rua Bandeira Paulista, 702, cj. 32
04532-002 — São Paulo — SP
Telefone: (11) 3707-3500
Fax: (11) 3707-3501
www.companhiadasletras.com.br
www.blogdacompanhia.com.br
facebook.com/companhiadasletras
instagram.com/companhiadasletras
twitter.com/cialetras

Sumário

Varandas da Eva, 7
Uma estrangeira da nossa rua, 15
Uma carta de Bancroft, 23
Um oriental na vastidão, 29
Dois poetas da província, 37
O adeus do comandante, 45
Manaus, Bombaim, Palo Alto, 53
Dois tempos, 61
A casa ilhada, 69
Bárbara no inverno, 77
A ninfa do teatro Amazonas, 89
A natureza ri da cultura, 95
Encontros na península, 103
Dançarinos na última noite, 111

Nota do autor, 121
Agradecimentos, 125
Sobre o autor, 127

Varandas da Eva

Varandas da Eva: o nome do lugar.

Não era longe do porto, mas naquela época a noção de distância era outra. O tempo era mais longo, demorado, ninguém falava em desperdiçar horas ou minutos. Desprezávamos a velhice, ou a ideia de envelhecer; vivíamos perdidos no tempo, as tardes nos sufocavam, lentas: tardes paradas no mormaço. Já conhecíamos a noite: festas no Fast Clube e no antigo Barés, bailes a bordo dos navios da Booth Line, serenatas para a namorada de um inimigo e brigas na madrugada, lá na calçada do bar do Sujo, na praça da Saudade. Às vezes entrávamos pelos fundos do teatro Amazonas e espiávamos atores e cantores nos camarins, exibindo-se nervosamente diante do espelho, antes da primeira cena. Mas aquele lugar, Varandas da Eva, ainda era um mistério.

Ranulfo, tio Ran, o conhecia.

É um balneário lindo, e cheio de moças lindas, dizia

ele. Mas vocês precisam crescer um pouquinho, as mulheres não gostam de fedelhos.

Invejávamos tio Ran, que até se enjoara de tantas noites dormidas no Varandas. A vida, para ele, dava outros sinais, descaía para outros caminhos. Enfastiado, sem graça, o queixo erguido, ele mal sorria, e lá do alto nos olhava, repetindo: Cresçam mais um pouco, cambada de fedelhos. Aí levo todos vocês ao balneário.

Minotauro, fortaço e afoito, quis ir antes. Foi barrado no portão alto, cuspiu na terra, deu meia-volta, quase marchando para trás. Era um destemido, o corpo grandalhão, e um jeito de encarar os outros com olho quente, de meter medo e intimidar. Mas a voz ainda hesitava: era aguda e grossa, de periquito rouco, e o rosto de moleque, assombrado, meio leso.

Gerinélson era mais paciente, rapaz melindroso, sabia esperar. Já namorava de dar beijos gulosos e acochos, e nos surpreendia em pleno domingo guiando uma lambreta velha, roubada do irmão. Na garupa, uma moça desconhecida, de outro bairro. Ou estrangeira. A máquina passava perto da gente, devagar, roncando, rodeando o tronco de uma árvore. Depois acelerava, sumindo na fumaceira. Ele sempre gostou de desaparecer, extraviar-se. Gerinélson era e não era da nossa turma. Eu o considerava um dos nossos. Ele, não sei. Tinha uns segredos bem guardados, era cheio de reticências: não se mostrava, o rapaz.

O Tarso era o mais triste e envergonhado: nunca disse onde morava. Desconfiávamos que o teto dele era um dos barracos perto do igarapé de Manaus; um dia se meteu por ali e sumiu. Raro sair com a gente para um arrasta-pé. Ele recusava: Com esses sapatos velhos, não dá, mano. Um cineminha, sim: duas moedas de cada um, e pagávamos o ingresso do Tarso. E lá íamos ao Éden, Guarany ou Polytheama. Depois da matinê, ele escapulia, não ficava para ver as meninas da Escola Normal, nem as endiabradas do Santa Dorothea. Tarso queria vender picolés e frutas na rua, queria ganhar um dinheirinho só para entrar no Varandas da Eva. Mas era caro, não ia dar. Então tio Ranulfo prometeu: Quando chegar a hora, pago pra todos vocês.

Tio Ran, homem de palavra, foi generoso: espichou dinheiro para a entrada e a bebida. Depois tirou um maço de cédulas da carteira. Disse: Isso é para as mulheres. E nada de molecagem. Cada um de vocês deve ser um gentleman com aquelas princesas.

Contamos as cédulas: dava e sobrava, era a nossa fortuna. Compramos na Casa Colombo um par de sapatos, e tia Mira costurou uma calça e uma camisa, tudo para o Tarso. Quando ele experimentou a roupa nova, parecia outro, ia chorar de alegria, mas Minotauro, maldoso, debochou: Deixa pra chorar depois da farra, rapaz. Quem fica feliz de roupinha nova é moça.

Eles ficaram cara a cara, os olhos com faíscas de rancor. Tia Mira se intrometeu, com súplicas de trégua e paz. Os dois olharam para minha tia, os rostos mais serenos, o pensamento talvez em outras searas.

Marcamos a noitada para uma sexta-feira de setembro. Gerinélson pegou o dinheiro, quis ir sozinho, de lambreta. Tio Ran nos levou em seu Dauphine, parou quase na porta, nos desejou boa noitada. Quando íamos entrar, Tarso hesitou: deu uns passos para a frente, recuou, quis e não quis entrar. Ficou mudo, mais e mais esquisito, fechou-se. Nós o desconhecemos: luz e dança não o atraíam? Minotauro puxou-o pela camisa, enganchou a mão no pescoço dele, repetindo: Bora lá, seu leso. Nosso amigo abaixou a cabeça, concordando, mas com um salto se desgarrou, e correu para a escuridão.

Tarso, um desmancha-prazer. Deixamos o nosso amigo. A vontade não é de cada um e em cada dia? Minotauro soltou um grunhido, resmungou: Não disse? Roupinha nova é mimo pra mocinha.

Entramos. Um caminho estreito e sinuoso conduzia ao Varandas da Eva. Aos poucos, uma sombra foi crescendo, e no fim do caminho uma luminosidade surgiu na floresta. Era uma construção redonda, de madeira e palha, desenho de oca indígena. Mesinhas na borda do círculo, um salão no meio, iluminado por lâmpadas vermelhas. Uns casais dançavam ali, a música era um bolero. Minotauro apontou uma mesinha vazia num canto mais escuro. Sentamos, pedimos cerveja, um cheiro de açucena vinha do mato. E Gerinélson, se extraviara? Na luz vermelha, quase noite, Minotauro me cutucou: uma mulher sorria para mim. Não vi mais o Minotauro, nem quis saber do Gerinélson. Só olhava para ela, que me atraía com sorrisos; depois ela me chamou com um aceno, girando o indicador, me convidando para dançar. Não era alta, mas tinha um corpo cheio e recortado, e um rostinho dos mais belos, com olhos acesos, cor de fogo, de gata maracajá. Dançamos três músicas, e dançamos mais outras, parados, apertadinhos, de corpo molhado. Ela percebeu minha ânsia, me apertou com gosto, e me levou, no ritmo lento da música, para fora do salão. Por outro caminho me conduziu a uma das casinhas vermelhas, avarandadas, na beira de um igarapé. Ficamos um tempo na varandinha, no namoro de beijos e pegações. Depois, lá dentro, ela fechou a porta, e deixou as janelas entreabertas. O som de um bolero morria na casinha avarandada.

Ela me ensinou a fazer tudo, todos os carinhos, sem pressa, com o saber de mulher que já amou e foi amada. Passamos a noite nessa festa, sem cochilo, e muitos risos, de só prazer. Fez coisas que davam ciúme, carícias que não se esquecem. Perguntei como ela se chamava. Ela disfarçou, e disse, rindo: Meu nome? Tu não vais saber, é proibido, pecado. Meu nome é só meu. Prometo.

A voz e a risada bastavam, minha curiosidade diminuía. Nome e sobrenome não são aparências?

Não quis me ver nem ser vista à luz do dia; quando as águas do igarapé ficaram mais escuras do que a noite, ela pediu que eu fosse embora. Obedeci, a contragosto. Saí no fim da madrugada, caminhando na trilha de folhas úmidas. Naquela manhã o sol teimou em aparecer no céu fechado.

Voltei ao Varandas no mesmo dia, a fim de revê-la; voltei muitas vezes, sempre sozinho, nunca mais a encontrei.

O Tarso disse que não entrou no Varandas porque teve medo.

Medo?

Ele sério, e calado.

Minotauro me contou sua farra, cheia de façanhas. A grande gandaia, noite e dia, ele disse com uma voz que não tremia mais, voz bem grossa, de cachorrão. O Gerinélson me olhou de soslaio, sorriu de fininho, desconversou. Ele não se mostrava mesmo. Gostava das coisas só para ele, guardando tudo na memória, dono sozinho de seus feitos e fracassos.

Nos meses seguintes, ainda tentei ver a mulher, pulava de um clube para outro, os lupanares de Manaus. Até hoje, sinto ânsia só de lembrar.

Tia Mira dizia que eu estava babado de amor. Estás

tonto por uma mulher, ela ria, observando meu devaneio triste, meu olhar ao léu.

O Tarso não quis conversar sobre aquela noite. Foi o primeiro a se afastar da turma: teve de abandonar a escola, queria ser prático de motor, ou, quem sabe, capataz numa fazenda do Careiro.

Três anos depois, meus tios Mira e Ran mudaram de bairro; os encontros com meus amigos tornaram-se fortuitos, minha vida procurou outros rumos. O único que cruzou o meu caminho foi Minotauro; cruzou por acaso, quando eu saía do bar Mocambo e ele ia visitar um amigo no quartel da Polícia Militar. Estava fardado, era soldado S1 e se preparava para o exame de suboficial da Aeronáutica. Servia na base terrestre, de guerras na selva. Não queria voar.

Sou homem com pés no chão, ele foi logo dizendo. É emocionante a gente se perder na mata, os perigos me atraem, mano. A gente entra na floresta, escuta os ruídos da noite e a noite é escura que nem o dia. É um desafio. Toda a cambada tem que caminhar naquele ziguezague escuro, dormir sem saber onde está, matar os bichos e encontrar a saída para a sede do comando.

Falava com desembaraço, cheio de si, alisando com os dedos grossos a boina azul. O rosto continuava assombrado, quase feroz, e a risada saía que nem uivo. Ele havia topado com o Gerinélson:

O leso do Geri viajou para São Paulo. Quer ser doutor, médico de mulher. Quer se aproveitar delas, riu o Minotauro, tenebroso, mostrando dentes de cavalo. Tu nem sabes... O Geri sempre foi sonso, andou pelo Varandas antes da gente, sempre foi caído por mulheres de todas as idades.

Dei um risinho chocho, sem vontade. Minotauro já

era meu ex-amigo? Está em outro mundo, nossos pensamentos não se encontram. Foi o que eu remoí naquele instante.

E o Tarso?

Mais pobre do que eu, ele disse. Deve estar caído por aí. Pobre pobre não se levanta, mano. Nem soldado o coitado do Tarso pode ser.

O Minotauro me tratou com carinho. Não sei se naquele dia eu tive pena ou raiva dele. Desprezo, talvez.

Ele se despediu com um abraço forte, de estalar as costelas. Era socado, um monstro. Pôs a boina na cabeça e saiu andando, desengonçado, cumpridor de deveres.

Anos depois, num fim de tarde, eu acabara de sair de uma vara cível, e passava pela avenida Sete de Setembro. Divagava. E já não era jovem. A gente sente isso quando as complicações se somam, as respostas se esquivam das perguntas. Coisas ruins insinuavam-se, escondidas atrás da porta. As gandaias, os gozos de não ter fim, aquele arrojo dissipador, tudo vai se esvaindo. E a aspereza de cada ato da vida surge como um cacto, ou planta sem perfume. Alguém que olha para trás e toma um susto: a juventude passou.

Quando andava diante do Palácio do Governo, decidi descer a escadaria que termina próxima à margem do igarapé; parei no meio da escada e me distraí com a visão dos pássaros pousados nas plantas que flutuavam no rio cheio. Foi então que vi, numa canoa, um rosto conhecido. Era Tarso. Remou lentamente até a margem e saltou; depois tirou um cesto da canoa e pôs o fardo nas costas, a alça em volta da testa, como faz um índio. O corpo do meu amigo, curvado pelo peso, era o de um homem. Subiu uma escadinha de madeira, deixou o cesto na porta de uma palafita, voltou à margem e puxou a canoa até a areia enlameada. À porta apareceu uma mulher para apanhar o cesto. Reapareceu em seguida e acenou para Tarso. Num relance, ela ergueu a cabeça e me encontrou. Estremeci. Eu ia virar o rosto, mas não pude deixar de encará-la. Ela me atraía, e a lembrança surgiu agitada, confusa. A voz dela chamou: Meu filho! A mesma voz, meiga e firme, da moça, da mulher da casinha vermelha, no balneário Varandas da Eva. Era a mãe do meu amigo? Isso durou uns segundos. Por assombro, ou magia, o rosto dela era o mesmo, não envelhecera. Mal tive tempo de ver os braços e as pernas, a memória foi abrindo brechas, compondo o corpo inteiro daquela noite.

Tarso escondeu a canoa entre os pilares da palafita, e entrou pela escadinha dos fundos. A mulher já tinha sumido.

Permaneci ali mais um pouco, relembrando...

Nunca mais voltei àquele lugar.

Uma estrangeira da nossa rua

No caminho do aeroporto para casa, eu observava os lugares da cidade agora irreconhecível. Quase toda a floresta em torno da área urbana havia degenerado em aglomerações de barracos ou edifícios horrorosos. Em casa, tia Mira me recebeu com entusiasmo e contou uma ou outra novidade que, para mim, já não faziam sentido. Deixei a mala no quarto e quase sem querer perguntei pelos Doherty.

Nunca mais voltaram, disse tia Mira. O pai ainda passou uns meses aqui, vendeu o bangalô e foi embora. O comprador derrubou o muro, a casa, a acácia. Tudo.

Para onde foram?

E quem pode saber? Aquela família vivia em outro mundo.

Eu tinha acabado de chegar à cidade, e notara com tristeza a ausência da casa azul na nossa rua. Era um bangalô bonito, cercado por um muro de pedras vermelhas que uma trepadeira cobria; no pátio dos fundos uma acácia solitária floria nos meses de chuva e sombreava o quarto das duas irmãs. Agora um monte de escombros enchia o terreno na rua em declive.

Na varanda de casa, ao olhar as ruínas do bangalô, me lembrei de Lyris, mais alta e também menos arredia que a irmã. O cabelo quase ruivo, o rosto anguloso e os olhos verdes e um pouco puxados embaralhavam traços do pai e da mãe. Só me dei conta dessa beleza estranha e misturada no fim da infância, quando senti alguma coisa terrível e ansiosa parecida com a paixão.

Lyris devia ter uns dezoito anos, e a irmã era quase da minha idade: quinze. Antonieta, nossa vizinha mais escandalosa, as apelidara de bichos-do-mato, porque não iam às festas, não pulavam Carnaval, não se bronzeavam nos balneários nem tinham namorados ou amigos. Andavam sempre juntas, e sempre escoltadas pelo pai: o engenheiro Doherty. Diziam que ele era inglês ou irlandês, e a verdadeira nacionalidade permaneceu um mistério. Eu pensava que Alba, a mãe, fosse amazonense, pois suas feições indígenas eram familiares; mas a manicure de tia Mira contou que Alba era peruana, e só depois entendi que a língua, e não a nacionalidade, nos define. Lembro que, uma manhã, Alba ralhou com as filhas num português atrapalhado. Não entendi quase nada, apenas "suas preguiçosas", palavras pronunciadas no meio de uma frase longa e desastrosa. Às sete da manhã eu via as duas moças usando o mesmo uniforme: saia plissada azul e blusa branca. Elas entravam no carro do pai, que as levava ao colégio das freiras, a seis quarteirões da nossa rua. O Aero Willys preto voltava ao meio-dia e, sem buzinar, embicava na entrada: a mãe saía do carro para abrir o portão, e as duas filhas, juntas no banco traseiro, se enclausuravam no bangalô, e assim se despediam da nossa rua, do bairro, da cidade.

A família Doherty recebia dos vizinhos convites para festas de São João e de aniversário. Nós sempre convidávamos os estrangeiros, e sempre recebíamos um buquê de flores com um bilhete de agradecimento ou parabéns, assinado pelos pais e suas filhas. Eu guardava esses bilhetes, gostava de ver a assinatura de Lyris, e pensava que o nome dela, escrito com letras inclinadas, quase deitadas, era um presente para mim. Os Doherty nunca importunavam ninguém, eram afáveis e muito discretos. Tanta discrição era insuportável, e me irritava.

São loucos, vivem socados dentro de casa, dizia Antonieta. O que eles fazem escondidos?

Quando fiz catorze anos e ingressei no ginásio, podei galhos e folhas do jambeiro do quintal, abrindo um clarão na copa espessa da árvore. Então podia ver o pátio onde a mãe estendia a roupa molhada das filhas; aos domingos, cinco da tarde, via a família ao redor de uma mesa sob a acácia; conversavam, riam, tomavam chá e comiam pupunha cozida com manteiga. A merenda dos Doherty me dava água na boca. Aos sábados, podia ver a janela do quarto das irmãs. A cama de Lyris aparecia inteira, a da irmã, só a metade; durante a semana, as duas moças raramente ficavam no quarto, pois estudavam no escritório da fachada oeste, inacessível ao meu olhar. Alba fechava a janela no fim da tarde, de modo que eu nunca as via à noite. Quando trovejava, a casa toda ficava escura e fechada, diziam que os Doherty tinham medo dos torós amazônicos. Antonieta, língua solta, espalhava para a vizinhança que Alba acendia velas e rezava durante o aguaceiro, enquanto o engenheiro se trancava com as filhas e as agarrava com volúpia. Diz que até ouvira gritos das duas irmãs, sons mais estridentes que trovoadas, e que nas noites de temporal os Doherty dormiam e acordavam na mesma cama. Não sei se era verdade, Antonieta via o bangalô de outro ângulo, e cada vizinho contava uma história diferente e estranha sobre os Doherty.

Certa vez, no Carnaval, o bloco do Sujo desceu nossa rua batucando uma marchinha antiga; a banda deu uma parada de uns minutos diante do bangalô, a pedido de Antonieta, "só para ver se os bichos-do-mato saíam da toca". Vi as duas irmãs dançando e cantando no quarto e, quando o batuque sumiu, continuaram sambando, depois riram abraçadas e Lyris caiu de bruços na cama e ficou balançando as pernas, ao ritmo de um batuque imaginário. Foi o único Carnaval das irmãs Doherty; ou o único em que as vi pular e cantar.

Naquele ano passei parte dos dias na varanda à espera da moça. Tia Mira ralhava: Vais ser reprovado por causa dela. Desiste de uma vez, ela é quase mulher, e tu és um menino.

Meu tio, mais tosco e bruto, andava nu pela casa e sentava de pernas abertas na rede e me encarava com um sorriso cínico: Essa Lyris é pra mim, rapaz. Qualquer dia ela larga o pai e vem sentar no meu colo.

Ficava desesperado com as palavras do meu tio, sem saber se ele falava sério ou se era mais uma estocada para me humilhar. Era impossível encontrar Lyris na nossa rua ou em alguma praça ou clube; eu pensava que seu pai tinha medo de alguma coisa na cidade, ou medo de tudo na cidade, pois os Doherty só saíam aos domingos de manhã e eu não sabia, nem tinha como saber, para onde iam. Diz que era um engenheiro exemplar da Companhia de Energia do Amazonas, graças a ele não faltava luz na cidade. Era um exagero, porque sempre faltou luz e até água na minha cidade. Mas devia ser um pai ciumento, pois escondia as filhas como se esconde um par de brilhantes. Como seriam as noites dos Doherty? Que segredos, palavras e gestos havia na intimidade, na quase absoluta reclusão? Lembro que, num fim de tarde, as duas irmãs pararam de recolher a roupa do varal, correram até a garagem e reapareceram no pátio, penduradas no pescoço do pai, que mal beijou a mulher.

É impossível me aproximar de Lyris, pensei, enlouquecido numa tarde quente de agosto em que a vi deitada na cama, nua, lendo um livro de capa vermelha. As lentes do binóculo traziam para perto de mim o contorno e os relevos do corpo, os cachos de cabelo ruivo e os olhos verdes. Tranquei a porta da varanda e com as mãos suadas me deliciei com a visão do corpo de Lyris. Vez ou outra ela movia a cabeça, arqueava ou contraía o corpo. Foi a primeira moça que vi assim: leitora e nua, no mormaço da minha cidade. Durou quase uma hora. E a lembrança daquele quadro durou o tempo da juventude. Lyris deixou o livro aberto sobre o travesseiro, esfregou os olhos, depois remexeu no cabelo cacheado, e saiu bruscamente da cama. O quarto vazio me entristeceu, os gritos de outros vizinhos me irritaram. Foquei o binóculo lá embaixo, nas casas da vila, e vi corpos balançando-se devagar, rostos engelhados, cansados. Todos dormindo. As lentes voltaram para Lyris e agora ela estava sentada no chão, manuseando um objeto escuro, de costas para o meu olhar. Virou a cabeça para a janela, se levantou, e aquela cena nunca mais se repetiu.

Meses depois, meu tio me convidou para ir ao teatro Amazonas, madame Steinway ia tocar minha sonata preferida. A música e o acaso trazem boas surpresas, ele acrescentou com uma voz insinuante. Usei roupa nova para assistir ao concerto de piano, e aparei a promessa de um bigode, uma penugem rala que escurecia minha boca. Após o concerto conversei um pouco com a pianista, que havia sido minha professora de canto. Ela me convidou para um coquetel no salão nobre do teatro, onde suas alunas iam homenageá-la. Não conhecia ninguém, fiquei observando um quadro de Domenico de Angelis, uma pintura idílica de motivo amazônico, enquanto meu tio bebia e se pavoneava; de vez em quando vinha me dizer que a mãe daquela aluna tinha sido sua namorada e mais de uma mulher no salão era sua amante. Já estava meio bêbado e não dei importância ao que dizia, sua voz de conquistador barato me chateava. Mas foi essa voz que soprou no meu ouvido: Como ela é linda, e, quando desviei os olhos do quadro de De Angelis, dei de cara com a família Doherty. Os pais e as filhas estavam juntos, a beleza de Lyris se destacava do pequeno clã como uma orquídea selvagem. Usava um vestido azul sem mangas e com decote ousado, e um cacho de cabelos da cor do fogo caía em cada ombro nu; os olhos verdes atraíam os que rondavam por ali, ofuscando a presença da irmã. Dois rapazes de uns vinte e cinco anos flertavam com Lyris, e um deles, o mais alto e posudo, roçou a mão no queixo dela e curvou a cabeça sobre o decote. Esse gesto insolente me insultou. O fato de eu ser tão jovem podia selar o meu fracasso? Não tinha a coragem do rapaz, eu era destemido com outros feitos, ousado em outras situações, mas na presença de Lyris era um covarde. Não conseguia sair do lugar, o medo e a timidez me paralisavam; disfarcei a angústia olhando uma figura do quadro, um índio mais corajoso do que eu. Depois de uns minutos, virei o rosto para vê-la, mas não a encontrei. Senti no ombro a mão pesada do meu tio, e levei um susto quando vi Lyris a dois palmos do meu rosto. Assim, tão perto, era ainda mais bonita. Meu tio piscou para mim e se afastou, e por um momento ficamos sozinhos no canto, de frente para o grande painel de De Angelis.

É a primeira vez que a gente se encontra, nem parece que somos vizinhos, ela disse em português, com a maior desenvoltura.

Na voz um sotaque inglês, mas hoje penso que o espanhol também se intrometia. Deve rir da minha timidez, pensei, sem tirar os olhos do seu rosto. Quis mencionar um poema, mas não conseguia lembrar nada, nem dizer uma palavra. Uma emoção forte me anulou, e só os olhos me obedeceram.

Por que não vens me visitar? Tu sabes quando estou em casa, ela disse com uma voz mansa que me deu calafrios. Afastou-se um pouco, olhou para o lado e, de repente, esticou o pescoço e me deu um beijo no canto da boca. Saiu depressa na direção dos pais e da irmã. Fiquei sem saber se era o beijo de uma amizade ou de um namoro insinuado; dormi muitas noites com a lembrança desse beijo, que me dava uma esperança confusa. Pensei em fazer uma serenata para Lyris, mas a severidade do engenheiro Doherty me intimidava; duas vezes tentei visitá-la, ficava encostado numa parede próxima da casa azul, indeciso, derrotado. Duas tentativas desastrosas, e mais uma vez amaldiçoei minha timidez, meu medo.

Na terceira vez, no meio da tarde de um domingo de dezembro, estava decidido: ia bater no portão do bangalô e entrar. A coragem crescia enquanto eu caminhava ao encontro de Lyris. Já alcançara a esquina da nossa rua, quando vi o Aero Willys preto sair da garagem, a mãe no banco da frente, as duas irmãs atrás. O carro desceu a rua e passou devagar perto de mim. Ainda vi o rosto de Lyris, os olhos verdes e um sorriso que eu não soube decifrar. Pôs a cabeça para fora da janela, acenou com as mãos agitadas, os cabelos ruivos e cacheados ondularam com o gesto. Esperei num bar da nossa rua, e uma hora depois o carro entrou na garagem, sem a mãe e suas filhas. A janela do quarto das duas irmãs ficou fechada durante as férias. Em março, quando viajei para longe, o engenheiro Doherty ainda morava sozinho na casa azul.

Olhei pela última vez as ruínas da nossa rua e saí da varanda. No meu quarto, tentei apagar a lembrança de uma frustração amorosa, um fracasso que não é atributo apenas da juventude. Lyris teria hoje quarenta anos, a idade de tia Mira naquele tempo. Arrumei o quarto, separei e empacotei os livros que ia levar de volta para São Paulo, limpei os livros que ia doar à escola onde havia estudado. De noitinha, minha tia entrou no quarto e perguntou se eu queria suco de jambo. Jambos do nosso quintal, ela disse. Depois tirou do sutiã um envelope que o carteiro deixara na semana passada. Uma carta para ti, ela sorriu. Estranhei os três selos da Tailândia e tentei em vão decifrar o nome do remetente. Ia enfiar o envelope no bolso, mas decidi abri-lo. Reconheci a caligrafia e esperei tia Mira sair do quarto. Deitei na cama, li a carta enviada de Bangcoc e fiquei pensando nas palavras de Lyris...

Uma carta de Bancroft

Para Francisco Foot Hardman e Lourival Holanda

O primeiro americano com quem conversei na Waverly Place em San Francisco não se considera apenas um americano. Meu nome é Tse Ling Roots, sou sinoamericano, você sabe o que isso significa? Ele mesmo respondeu: Significa que para os meus antepassados a realidade não tinha a menor obrigação de ser interessante.

Ling Roots acabara de sair do templo Tin How quando lhe perguntei onde ficava o templo. Apontou para o alto de um edifício na Waverly Place:

Ali mora a deusa protetora dos navegantes, disse Ling Roots, com um ar de quem conhece todos os cantos de Chinatown.

Muitos jovens deste bairro não sabem onde fica Hoi-Pi, não sabem que Cantão e Xangai fazem parte da história de San Francisco, ele prosseguiu.

Num tom comovente, Ling Roots contou que seu bisavô fora um dos milhares de chineses que penaram nas minas e nas ferrovias da Califórnia. Ele abriu os braços com um gesto meio teatral e enumerou vários nomes de famílias do bairro e a cada nome acrescentou um lugar da China. Depois disse que Chinatown é uma forma de preservar a identidade oriental de milhares de famílias chinesas nessa região da Califórnia: Meus descendentes não vieram para fazer a América, foram forçados a trabalhar aqui; por isso, imaginaram e ajudaram a construir Chinatown, o único espaço que, para eles, é realmente interessante.

Talvez seja verdade para os antepassados de Ling Roots, confinados nessa pequena China de San Francisco e ainda assombrados por um passado nada edificador. Ling Roots, que é policial, também acha a realidade pouco interessante. As gangues proliferam em San Francisco e Oakland, e nos últimos dias desse inverno um estuprador e assassino apavora os moradores da Bay Area.

Nas horas vagas frequento o templo, senão enlouqueço, desabafou Ling Roots.

No entanto, para um visitante como eu, não apenas Chinatown, mas quase toda a San Francisco, oferece lances interessantes.

Mesmo daqui, de uma das colinas de Berkeley, contemplar a paisagem noturna da baía, com suas pontes iluminadas e o perfil de seus edifícios com traços futuristas, já contraria a afirmação de Ling Roots. Também são interessantes essas alamedas tranquilas de North Berkeley, as casas de madeira, coloridas, sem cerca, com jardins orientais, por onde os gatos passeiam nos dias ensolarados: o cinzento deitado numa varanda, o olhar no céu muito azul da Califórnia; o amarelo que, de uma janela, acompanha o olhar do passante e nos parece dizer que essa casa branca só é acessível a ele.

Ao passar pelo setor leste da cidade, sou atraído pelos

gestos irreverentes e contestadores, dois adjetivos que não faltam à multidão de estudantes de Berkeley. Parece que estou de volta a outro tempo. Perto do portão de ferro, ao sul do campus, jovens e velhos tentam desafiar o establishment, como se fossem um dos ruídos deste planeta que tende à robotização, à uniformização e à banalização de tudo.

Não longe desses gestos e vozes de protesto, há um edifício austero que me fez lembrar as palavras de Ling Roots. Sim, porque aqui, na Biblioteca de Bancroft, a realidade não tem nenhuma razão de ser interessante. O que interessa em Bancroft são os milhares de manuscritos de todas as épocas, compulsados por pesquisadores de todo o mundo. Há, aqui, papiros egípcios e manuscritos medievais, mas em muitos fichários constam também referências ao nosso século.

Charles Faulhaber, o diretor da Biblioteca, me indicou num desses fichários um assunto que me interessa: "Brasil: limites & fronteiras". Pedi-lhe para consultar uma seção do arquivo com "cartas e outros documentos manuscritos". Agora estou próximo e ao mesmo tempo tão longe do burburinho dos jovens, dos grupos que distribuem panfletos, dos punks que puxam gatos pela coleira e dos gritos: Por uma imprensa livre; Por uma imprensa alternativa.

No ambiente silencioso de Bancroft parece que estou longe até mesmo de Berkeley; mas o campanário, ao emitir quatro pancadas graves, me traz de volta ao presente. É uma tarde ensolarada, mas esse clima não tem nada a ver com a quentura abafada descrita por Euclides da Cunha em Manaus. É assim, resmungando contra o clima do equador, que começa a carta de Euclides a seu amigo Alberto Rangel. Rangel, que estava no Rio de Janeiro, oferecera a Euclides sua casa espaçosa na praça Chile, onde o grande escritor morou mais de dois meses antes de viajar para o Alto Purus.

Encontrar essa carta inédita em Bancroft, com a caligrafia nervosa de Euclides, é quase um milagre. Mas, para onde vou, Manaus me persegue, como se a realidade da outra América, mesmo quando não é solicitada, se intrometesse na espiral do devaneio para dizer que só vim a Bancroft para ler uma carta amazônica do autor d'*Os sertões*. Mas há algo mais nessa missiva além dos reclamos contra o calor de Manaus. A linguagem de Euclides — barroca, sinuosa, exuberante — está presente do início ao fim. O algo mais é o sonho que ele conta a Rangel: o sonho e uma cena que ele presenciou na tarde de 14 de fevereiro de 1905.

Choveu torrencialmente na manhã desse dia. Às onze horas, sozinho, Euclides almoçou. Depois, sentado na austríaca, releu um trecho de um livro de viagem de um naturalista britânico, talvez Henry Bates, pois na carta Euclides refere-se à obra do "grande Bates". O mormaço o fez adormecer com o livro aberto entre as mãos. Euclides sonhou que a Amazônia, essa "quase infinita planície desértica", já não era uma Terra Ignota. Europeus de boa estirpe a tinham povoado: áreas imensas de floresta estavam sendo devastadas e urbanizadas; a Amazônia, em suma, seria uma extensão de Manaus e Belém, cidades cosmopolitas. Essas visões se apagaram e surgiu no sonho a voz de um homem e em seguida o próprio homem: um francês de nome Gobineau. O francês tenta convencer Euclides de que as terras incultas da América só são viáveis com a colonização europeia. Euclides tenta dizer algo, hesita, enxuga o suor que lhe escorre da testa; depois estremece diante da possibilidade de não mais viajar para as cabeceiras do Purus, de não poder escrever sobre o deserto, o Paraíso Diabólico, o Paraíso Perdido. Irrita-se com a ideia extravagante de Gobineau e, falando em francês com um sotaque afetado, expulsa o intruso da sala com gestos autoritários, como um militar se dirige a um subalterno.

Gobineau solta uma gargalhada, sai do sonho, e então Euclides escuta um canto, uma prece cada vez mais forte, mais próxima da casa e da sala onde sonha. Nesse momento ele acorda: apalpa o rosto melado de suor e arregala os olhos, como se procurasse o intruso ou temesse uma ameaça. São quase três horas da tarde, e ele se irrita por ter prolongado a sesta. O canto e a prece continuam lá fora, e então Euclides decide caminhar até a praça Chile. Na entrada do cemitério São João Batista ele se aproxima de militares que acompanham um féretro. Não sabe por que o caixão está aberto; ao olhar para o morto, Euclides reconheceu o suboficial com quem ele conversara numa visita ao quartel da Polícia Militar, no centro de Manaus. O defunto com feições indígenas era inesquecível porque era o rosto de um herói: um cabo que combatera bravamente na Guerra de Canudos. Alguns dias antes (a carta não precisa a data) o soldado fora apresentado a Euclides como um prócere da Polícia Militar do Amazonas. Euclides pergunta a um homem como o jovem militar havia morrido, mas é uma mulher que lhe informa: a vítima levara quatro balaços do amante de sua esposa. Euclides franze a testa e volta à casa de Alberto Rangel.

Nessa mesma tarde escreveu uma carta ao amigo, contando-lhe o sonho e a cena do enterro. Não se sabe se Alberto Rangel recebeu essa carta; nunca saberemos se Euclides se lembrou dessa carta no momento em que foi atingido mortalmente pelo amante de sua mulher, em 1909. Talvez o sonho tenha sido apenas um pesadelo sobre a Amazônia, que ainda encerra muitas expressões cunhadas por Euclides. Em algumas, ecoa uma mistura deliberada de exotismo com referências bíblicas: "Inferno Verde", "Última Página do Gênese". Em páginas memoráveis, Euclides parece descrever a realidade como ele a imaginou, ou como um viajante ainda pode vê-la hoje: uma terra em que os homens trabalham para escravizar-se.

Sabemos, enfim, que não há menção dessa carta na vasta correspondência de Euclides da Cunha. Em 1946, ela foi adquirida por um certo Charles P. Dutton num alfarrabista de Belém e doada três décadas depois à Biblioteca de Bancroft, em Berkeley.

Um oriental na vastidão

Para Drauzio Varella
À memória de Maria Lucia Medeiros, Lucinha

A voz de um estrangeiro pronunciou meu nome, e o homem identificou-se: cônsul do Japão em Manaus. Pediu-me que fosse encontrá-lo depois do almoço no porto. Às duas horas, no barco do consulado, acrescentou.

Podia adiantar o assunto?

Kazuki Kurokawa, disse o cônsul, secamente.

Ele está em Manaus?

Não posso explicar agora.

Agradeceu, despediu-se e desligou o telefone.

Kazuki Kurokawa: ainda me lembrava dele e guardara o presente que me deu durante sua breve passagem por Manaus. Eu era pesquisadora e trabalhava no Departamento de Cooperação Científica da Universidade do Amazonas quando recebi um fax de Kazuki Kurokawa: queria fazer um passeio pelo rio Negro, mas só podia passar dois dias na cidade. Não mencionou reuniões de trabalho com pesquisadores da universidade nem do INPA. Ao ler seu currículo, soube que ele era biólogo de água doce e professor aposentado da Universidade de Tóquio. Experiência de campo na África portuguesa e nas Filipinas.

Fiz uma reserva no hotel Tropical e às treze horas de um sábado fui ao aeroporto. Quando a porta da sala de desembarque se abriu, um bafo quente e úmido paralisou os passageiros. Desse torpor surgiu um homem miúdo, carregando uma sacola vermelha. Os olhinhos apertados e vivos procuraram a placa com o seu nome, e logo a cabeça branca veio na minha direção. Não parecia combalido pelo fuso horário, nem pelas vinte horas de voo com três escalas, nem pelo calor do começo da tarde. Com reverência, me ofereceu um pequeno estojo com tampa de madeira. Dentro do estojo vi um rolinho de papel-arroz com ideogramas.

Uma lembrança do Japão, ele disse, com sotaque de Portugal.

Pedi que traduzisse os ideogramas.

"No lugar desconhecido habita o desejo."

Sem saber o que dizer ou comentar, agradeci de novo e disse que ia acompanhá-lo até o hotel.

Vamos direto ao porto, ele disse.

Tinha certeza de que não queria descansar? Depois comeríamos uma peixada...

Recusou, balançando a cabeça e sorrindo. E então revelou um sonho antigo, desde a infância: viajar pelo rio Negro. Sua profissão levara-o a terras distantes e, em cada rio que navegava na África e na Ásia, aumentava o desejo de conhecer o maior afluente do Amazonas. Não tinha tempo para uma longa viagem. E acrescentou: tempo de vida.

Quer dizer que tinha vindo de tão longe só para dar um passeio pelo rio Negro?

Mas isso é tudo, resumiu Kurokawa.

Uma sacola era sua única bagagem. Fomos de táxi ao porto da Escadaria, e no trajeto passamos em frente ao teatro Amazonas, que Kurokawa admirou em silêncio. No porto, acenei para Américo, um dos barqueiros que ficavam na beira da praia, à espera de turistas. Kurokawa quis ir sozinho até o Mercado Municipal: só ia dar uma olhada nos peixes e ver as pessoas.

Ele veio de São Paulo?, perguntou Américo.

Do Japão, eu disse.

Combinei com Américo o itinerário do passeio: desceríamos o paraná do Careiro até a costa do Murumurutuba, ilha do Maneta e voltaríamos pelo rio Amazonas, com uma parada no encontro das águas. No máximo duas horas. Américo concordou e esticou o beiço para a praia: Kurokawa conversava com uma cabocla. Pareciam animados com a conversa; o cientista tocou no ombro da mulher e os dois riram quando ele apontou o rio Negro. Despediu-se com um aperto de mão e caminhou até o barco com passos apressados, chapéu de palha na cabeça. Comprara também uma isca de corrico, um carretel de linha de náilon e uma rede vermelha com listas brancas. Agradeceu a espera, pôs a tralha no barco e ficou de pé no convés. Américo, talvez para se exibir, tocou o sininho da partida.

Atravessamos o rio Negro e entramos no furo do Paracuúba. Kurokawa não trouxera máquina fotográfica, filmadora, nada. No meio do furo, ele disse:

Vamos sair nos lagos de águas claras, não é? Depois vamos descer o Solimões até o Amazonas. O mesmo rio com nomes diferentes.

Américo diminuiu a velocidade: como ele sabia disso?

Kurokawa sorriu, os olhinhos quase fechados, deixando uma ponta de mistério, que só cresceu durante o passeio. Depois disse que havia lido alguma coisa sobre a fauna e a flora do rio Negro: conhecia as pesquisas de Ducke, O'Reilly Sternberg e Vanzolini. E explicou, usando termos científicos, por que as águas do Negro eram escuras como a noite. Passou o resto da viagem calado, observando a floresta, os lagos e o rio. Tive a impressão de que ele sabia mais coisas do que eu, mais do que Américo, e que aquele passeio era uma viagem de reconhecimento.

De volta ao porto, Kurokawa não arredou o pé do barco. Sentado na proa, observava o rebuliço na praia. Então ele se levantou, aproximou-se de mim e segurou minhas mãos. Os olhinhos dele me encararam por alguns segundos. Disse que não queria tomar meu tempo. Ainda apertava minhas mãos quando prosseguiu:

Se a senhora não se importar, alugo o barco do comandante Américo e faço uma viagem. A minha viagem. Armo a rede no convés e durmo aqui mesmo. Segunda-feira de manhã eu entrego o barco para o comandante e vou direto ao aeroporto.

Insisti para que o barqueiro o acompanhasse. Kurokawa agradeceu, queria viajar sozinho.

Américo concordou. E eu desconfiei: já deviam ter acertado alguma coisa durante o passeio. Temi pelo velho cientista navegando sozinho por aquele mundo de água. Mas era um desejo, um sonho dele. Kurokawa parecia resoluto; desceu do barco para se despedir de mim. Afastou-se de Américo e disse em voz baixa: Vou voltar... Um dia vou voltar e a senhora será convidada para fazer outro passeio.

Nunca mais o vi. De vez em quando me lembrava da figura magra e pequena, o olhar extasiado nas margens do Negro e do Amazonas. Meses depois, quando encontrei

Américo no Mercado Municipal, perguntei sobre Kurokawa. Entregara o barco na hora combinada?

Hora e lugar, disse Américo. Quase não reconheci o japonês. Moreninho, parecia um caboclo de cabeça branca. E ainda aprendeu umas palavras da nossa fala. Me disse: Obrigado, mano, teu barco é pai-d'égua. Pagou o dobro do que pedi. Curvou a cabeça, agradeceu em japonês e deu adeus com um sorriso miúdo. Eu disse: Arigatô, saionara, Kurokawa San. Palavras que aprendi com turistas. Mas aquele Kurokawa não era turista. Será que ele vai voltar?

Pensava na pergunta de Américo quando fui ao encontro do cônsul e seu secretário. Os dois vestiam terno e gravata e estavam muito sérios. Na popa da lancha do consulado, a bandeira do Japão entre as do Amazonas e do Brasil.

A senhora fez uma viagem com o professor Kazuki Kurokawa, disse o cônsul. Há uns quatro anos, não é?

Confirmei, e perguntei por ele.

Depois esclareço. Agora peço que a senhora nos acompanhe. Vamos subir o rio Negro. Viagem por conta do governo do Japão.

Disse que eu não podia demorar, pois tinha que voltar ao trabalho no campus.

Nosso embaixador pediu autorização da reitoria, disse o cônsul, mostrando uma folha de papel timbrado com a assinatura do reitor.

Subimos o rio Negro durante mais de três horas. Ninguém dizia nada sobre aquela viagem a um lugar desconhecido. Atravessamos o arquipélago das Anavilhanas, e mais acima da ilha do Cumprido o barco entrou num afluente do Negro. Lembro de ter visto um motor carregado de piaçaba, e outro que fisgava peixes ornamentais. O sol começava a declinar, as margens se estreitavam, e já não se viam palafitas nem canoas. Nenhum sinal humano. Um bando de periquitos encheu o fim da tarde com ruídos estridentes. Logo depois, o céu silenciou. E o silêncio subtraiu a noção do tempo. Quando entramos num outro rio ainda mais estreito, o comandante apontou o mapa: paraná da Paz. O cônsul fez um sinal com as mãos, o barco navegou lentamente, sombreado por uma vegetação alta e espessa; depois seguiu por uma curva que parecia terminar na floresta. O comandante desligou o motor, e com um varejão ele conduziu o barco entre galhos e plantas aquáticas até alcançar um remanso. Era um remanso grande, quase um lago, ou belo como um lago de águas espelhadas. Um círculo de águas calmas. O cônsul carregou uma caixa de madeira para a proa, abriu-a, e tirou de dentro outra, menor, coberta por uma bandeira do Japão. Com um gesto solene, ele pendurou a bandeira na parede da cabine e se dirigiu a mim:

O professor Kurokawa deixou uma carta-testamento. Pediu duas coisas: que as cinzas do corpo dele fossem espalhadas nas águas deste lugar. E que a senhora fizesse isso.

Lembrei da tradução dos ideogramas e fiquei emocionada. Quase ao mesmo tempo me surpreendi com a notícia da morte de Kurokawa. Pensei nele com saudade. E não escondi minha tristeza. Demorei um pouco para perguntar: Por que as cinzas aqui?

Ninguém sabe, disse o cônsul. Só ele sabia. Agora faço esse pedido em nome do governo do Japão.

O cônsul tirou uma bússola do bolso. Ele e o secretário se viraram para um ponto oposto ao do crepúsculo. O Oriente.

Por favor, espalhe as cinzas sem pressa. Assim temos tempo para a cerimônia.

Perfilados, os dois começaram a cantar o hino do Japão, enquanto eu enchia as mãos de cinzas e as jogava lentamente na água serena. Cinzas do cientista Kazuki Kurokawa. Repetiram mais duas vezes o canto do hino, breve, e, quando a cerimônia terminou, o sol sumia na selva, deixando um vestígio vermelho na natureza. Em silêncio, eles contemplaram o outro lado do horizonte e curvaram o corpo. Eu os imitei.

Depois, diante da vastidão, recordei a tradução dos ideogramas e indaguei calada a razão misteriosa das cinzas do cientista no fundo do rio Negro. Não havia mais claridade, e a superfície escura do remanso alcançava o céu.

Dois poetas da província

Albano pretendia começar sua vida de poeta em Paris, e Zéfiro, muito mais velho, nunca ia terminá-la: julgava-se um poeta imortal. Gostava de ser chamado L'Immortel, um apelido cunhado em 1969, quando o governo militar interrompeu a carreira de Zéfiro no magistério público. Esse arbítrio ou infâmia elevou ainda mais seu prestígio, e também sua voz e poesia, que não esmoreceram. Nunca publicara um livro: recusava-se a ver seus manuscritos editados pelo interventor federal no Amazonas. Para o poeta, o interventor e o Estado eram avessos às artes e à poesia. Desprezava com altivez e sem rancor o governo militar, a cachaça, o sol da tarde e a floresta; regozijava-se de nunca ter entrado num barco ou numa canoa, e ignorava a existência da outra margem do rio Negro. Mas a paixão dele por Paris era pública, e não poucas vezes patética. Em suas aulas, citava de cor versos de poetas franceses desconhecidos ou ocultos, que em seguida ele mesmo traduzia e comentava. Uma de suas predileções, de que se aproveitavam agentes de viagem e turistas, era discorrer com exatidão sobre a vida parisiense. A outra era revelar, como um segredo infindável, que conhecera Henri Michaux, quando este passara por Manaus em 1927. Aos oitenta e oito anos, Zéfiro ainda contava com detalhes o encontro com o grande poeta francês e, quando percebia que os ouvintes desconheciam Michaux, sua voz ficava mais afetada. Sua vida íntima e seu endereço eram dois mistérios que ele mantinha a todo custo, mas a origem nobiliária se estampava no castão de prata da bengala e nos bordados da camisa puída de linho irlandês.

De Albano sabe-se pouco: é jovem, ambicioso, fala francês com fluência e é filho de um magnata de Manaus. Estes dois últimos atributos permitiam-lhe morar em Paris. Agora ambos estão sentados à mesa do restaurante do hotel Amazonas, numa sala com ar condicionado, ainda silenciosa: só mais tarde os turistas chegariam. O ano é 1981, e o Bordeaux que Albano pediu ao garçom, safra 1972.

O senhor é meu convidado, disse o jovem, olhando com timidez o ex-professor. Vamos beber e comer à vontade.

O Imortal fingiu-se contrariado: não podia aceitar, o vinho custava uma fortuna.

Devo muito ao meu professor de francês, justificou o outro. E este almoço é a nossa despedida.

Zéfiro assentiu em silêncio, sem esconder o orgulho de quem formara leitores de literatura francesa. Quase ao mesmo tempo, associou a palavra *despedida* à morte, à sua morte, mas o orgulho superou a superstição e o temor. O garçom abriu a garrafa de Bordeaux, Albano provou o vinho e fez uma expressão enigmática, depois prazerosa. Suspirou, bebeu outro gole, abocanhou uma isca de carne.

Então, meu jovem, quando viajas?

Hoje mesmo, no fim da tarde. Viajo pela Air France: Manaus, Paris, com escala em Caiena.

A escala é desprezível, mas Paris! Oh, *oui*, exclamou Zéfiro com ar nostálgico. Ergueu a taça, bebeu, tornou a enchê-la. Ficou pensativo e empinou o corpo para declamar: *"Jeunesse adieu jasmin du temps, j'ai respiré ton frais parfum"*.

Baudelaire, disse Albano, com entusiasmo.

Apollinaire, corrigiu o Imortal. O poeta que foi à guerra. Lembro que numa livraria da Rue du Bac... não, não, na Rue du Cherche-Midi comprei um livro dele com uma dedicatória a mademoiselle de Chantepie. Quem terá sido essa senhorita? Pouco importa. Quando atravessares a ponte Mirabeau, lembra de Guillaume Apollinaire. E também de mim. A visão daquela ponte já é um convite à poesia.

Li alguma coisa de Apollinaire, disse Albano. *Le poète assassiné*...

Claro, tu foste meu aluno, sorriu Zéfiro, bebendo mais um gole de vinho. Quanto tempo tu vais ficar em Paris?

Uns dois anos. Quero escrever meu primeiro livro num café do Marais.

Le Marais... Rue du Temple, Vieille du Temple. *Oui*, maravilhoso. *Écris*, Albano, *écris toujours*. E não deixes de visitar a casa de Victor Hugo na Place des Vosges.

Tirou do bolso uma folha de papel com o endereço da residência de poetas famosos e de livrarias. O garçom ia servir-lhe uma posta de peixe, ele cobriu o prato com as mãos.

O senhor não vai comer?, perguntou o jovem.

Iscas de filé, só isso, disse Zéfiro, esvaziando a taça. O

vinho e a poesia me alimentam e me levam de volta a Paris.

Encheu a taça com um gesto afetado, respirou o aroma, limpou com o guardanapo os lábios caídos e tomou um gole. Ia dizer alguma coisa, mas um barulho de cavalgada deixou-o de boca aberta.

Um grupo de turistas, com um guia à frente, ocupou as mesas vizinhas. Carregavam cocares, máscaras mortuárias, cuias, arcos e flechas; tinham a pele do rosto e dos ombros queimada pelo sol. Um deles pediu caipirinha e foi aplaudido pelos outros.

Vinho, poesia e política, prosseguiu o Imortal. Uma virada política está agitando a França, e tu vais viver esse momento histórico. Na próxima semana vou ler o *Le Monde* de ontem. Gostaria de saber o que Jean-Paul pensaria de tudo isso.

De quem o senhor está falando?

Do meu amigo Sartre, Jean-Paul Sartre, disse Zéfiro.

Sartre? O grande filósofo?

O grande escritor, *jeune homme*. *Les mots* é um *récit de mémoire* admirável... *Oui, admirable*. Mas a obra de Jean-Paul é muito prolixa.

O senhor leu tudo de Sartre?

Quase tudo. E conversei muito com ele. Nos dias de hoje poucos jovens leem Sartre. *C'est fort dommage*. Quando Jean-Paul esteve em Manaus, conversamos longamente sobre filosofia, literatura e política. Ele me chamava carinhosamente de Zéphir. Eu, ele e Simone jantamos duas noites seguidas aqui mesmo. Jean-Paul comeu peixe na brasa com farofa, repetiu, bebeu muito, comeu muito. Uma noite de Pantagruel. E no fim, antes de ele ir embora, eu quis saber que impressões tinha do Brasil. Disse que uma grande parte do Brasil e da América Latina ainda estava no século xix. *Tout au plus.*

E o senhor concordou?

Discordei de uma forma polida. Disse assim mesmo: *Mon cher* Jean-Paul, essa afirmação significa que você desconhece duas coisas: o Brasil e o século xix nesta América. Ele revirou os olhos na minha cara e riu. Aí percebi que Jean-Paul olhava e ria para uma mocinha da mesa ao lado. Quem olhava para mim era Simone... *Une belle femme*, e que olhar... Tu és muito jovem para decifrar certos olhares. *Le regard*, Albain... O olhar é tudo. Tens que aprender a olhar... Só eu bebo, rapaz? Vais a Paris para tomar água mineral?

Albano mastigava com pressa e olhava o relógio enquanto o ex-professor tomava vinho. Ao lado, os turistas brindavam com caipirinha, e comentavam a beleza e a magia do encontro das águas, a astúcia dos botos que saltavam e brincavam no rio Amazonas. Ou no Negro? Um dos turistas pôs uma cuia na cabeça e cobriu o rosto com uma máscara mortuária e rondou as mesas dando urros e saltitando. Zéfiro olhou o turista de soslaio: *Mais quel idiot! C'est dégoûtant.* Se Jean-Paul visse isso, diria: *L'idiot de la tribus*.

Outros imitaram o bufão e o barulho ficou insuportável. Albano afastou o prato, pediu um café e a conta. Os risos aumentavam, as brincadeiras tornavam-se estocadas grotescas: máscaras, cocares e colares eram lançados para o alto e caíam no chão. O Imortal contraiu o rosto avermelhado. Os dois ficaram calados por um momento: o jovem de olho no velho, e este de olhos fechados, murmurando palavras incompreensíveis, como num sonho. De repente, abriu os olhos e disse:

Sabes de uma coisa, Albain? Um jovem encara a velhice como se fosse uma pura abstração. E eu vejo a juventude como uma quimera... Um tempo quase fora do tempo.

O Imortal pôs as mãos na mesa e virou a cabeça para a balbúrdia na sala: adornos de plumas voavam entre as mesas, máscaras mortuárias eram pisoteadas e rasgadas. Os garçons, acuados, assistiam à cena com ar triste e resignado.

Na minha idade, a única vantagem é saber que não vou aturar por muito tempo a estupidez humana. Jean-Paul viu uma cena parecida... Sabes o que ele disse? Zéphir, você, que é um nativo, diga-me uma coisa: quem são os verdadeiros selvagens?

Albano curvou a cabeça para preencher o cheque e levantou-se. Ofereceu uma carona a Zéfiro, e acrescentou: Assim fico sabendo onde o senhor mora.

O Imortal negou com uma voz nervosa: queria andar pela cidade, depois ia visitar o cônsul da França.

Neste calor das duas?

Trouxe o meu guarda-sol. Quando bebo um bom Bordeaux, nenhum sol é inclemente. Já te dei o número da minha caixa postal. E então, vais me escrever?

Logo que eu chegar a Paris. Vou contar minha primeira impressão da cidade. Posso escrever em francês?

Claro, *mon cher*. Quem sabe se...

Zéfiro começou a tossir, Albano deu uns tapinhas nas costas do ex-professor, que teve um espasmo.

Não foi nada... Quer dizer, é a emoção de estar diante de um jovem que vai morar em Paris. E sem ter que trabalhar... Isso é tão raro... Poder viver longe dos militares, da nossa política baixa, dos ladrões empertigados. Por Deus, como tens sorte, Albain.

Albano, professor, corrigiu timidamente o jovem. Quem sabe o senhor não vai me visitar?

Aos oitenta e oito anos, Albain?, ele disse, surpreso com sua própria idade e estendendo a mão trêmula ao jovem.

Os dois se abraçaram, e o velho, baixo e corcunda, ficou encovado nos braços do jovem viajante. Parado na porta do hotel, Zéfiro viu o ex-aluno abrir a porta da Malibu azul metálico. Ergueu a bengala num gesto de adeus, o outro buzinou com estardalhaço.

Zéfiro devolveu o guarda-sol ao lobby do hotel e enfrentou a tarde abrasadora. Olhou para os lados, apoiou-se na bengala e atravessou a rua. O motorista ajudou-o a entrar no ônibus para a Cachoeirinha. Saltou entre a igreja do Pobre Diabo e o cine Ypiranga, e se enfiou num beco, caminhando lentamente até a estância Saturno. Morava na última casa de madeira de uma vila escondida. Destrancou a porta, escancarou a janelinha e sentou numa austríaca diante do mapa de Paris pendurado na parede da saleta. Livros de poesia e manuscritos espalhados no chão cercavam a cadeira; pilhas de velhos jornais franceses atulhavam os dois aposentos da casa. Jornais que o cônsul da França, depois de lê-los, enviava à caixa postal do velho professor e poeta. O último datava de meses antes e anunciava a vitória do Partido Socialista. Zéfiro começou a recitar poemas franceses, primeiro Lamartine, depois Victor Hugo, por fim Baudelaire. Repetiu com uma voz pastosa nomes de ruas de Saint-Germain, do Marais e dos arredores da Bastilha. Essa prova de lucidez lhe deu um pouco de ânimo. Quando se cansou, os olhos vermelhos e aguados fixaram-se no mapa da cidade que sempre sonhou conhecer. Agora era tarde demais. Bocejou, a cabeça oscilou e estalou no encosto.

O adeus do comandante

Para Adib M. Assi

Posso entrar?
A voz conhecida veio da porta da sala: o rosto vermelho, em brasa, o cabelo branco molhado de suor, a rede enrolada debaixo do braço.
Na tarde daquele domingo de junho, muita gente na cidade esperava a primeira imagem na tv. Os papagaios e as maçarocas de linha com cerol tinham sido abandonados no quintal, mas o céu ainda estava salpicado de papel colorido. Um grupo de jovens formava um meio círculo na sala; outros, ansiosos, espreitavam a tela através de tijolos vazados.
O velho largou a rede no chão:
Vão ficar olhando essa tela piscar ou querem ouvir uma história?
Os netos e seus amigos pediram a bênção, ele estendeu a mão amorenada e sentou num banco. O corpo do velho cobriu a tela. Ele acabara de chegar do Médio Amazonas e trazia o cheiro do barco, da viagem e da caçada.

Geraldo Pocu, compadre e ajudante do velho, parou no vão da porta e nos mostrou uma paca esquartejada e os dentes de um javali. Outros animais caçados já estavam no quintal. O velho desabotoou a camisa e suspirou:

Vocês não vão acreditar... Dessa vez não é história de boto... Eu vinha de Santarém, onde vendi muita coisa, parando aqui e ali, nos beiradões do rio Tapajós. Passei por Juruti Velho, naveguei pela ilha do Vale, depois subi até Parintins e seus arredores. Ainda tinha uns fardos de mercadoria para marretar: carretéis, peças de chita e morim, roupa feminina, candeeiros, galochas e alpercatas. Em Parintins a concorrência era feroz: mouro contra mouro, e uns marreteiros do Maranhão, que navegavam naquelas freguesias. Ia subir o paraná do Ramos, quando vi o *Princesa Anaíra*, motor bonito e poderoso, atracado na rampa do Mercado, perto do restaurante Barriga Cheia. O nome do barco me atraiu, eu conhecia o comandante. Olhei para a cabine e lá estava o Dalberto, caboclo musculoso e ex-cabo de polícia, filho do rio Tapajós. Um paraense da gema, desconfiado e de poucas palavras, mas coração de noviça: deixava o povo pobre viajar de graça. E era homem valente, doido de tanta coragem: enfrentava de mãos vazias os brutos com peixeira na cintura. Um velho amigo, o Dalberto. E isso desde 1953, quando salvou crianças e mães na grande enchente que afogou povoados inteiros. Naquele ano ele comprou muita coisa: tecidos, sapatos, toalhas de mesa, véu e grinalda, tudo para a festa do casamento dele, lá em Nhamundá. Não pude ir à festança, mas até hoje, em qualquer beira de rio, o pessoal comenta a fartura do jantar e a beleza da mocinha noiva. Anaíra, o nome dela.

Dalberto me reconheceu de cara; mastigava um beiju e já tocava o sininho da partida. Levantou os braços, gritou lá do alto: Sobe aqui, mano velho. Esse motor é pros amigos. Li o trajeto na tabuleta pendurada no tombadilho: Sem escala para Nhamundá. Entrei, armei minha rede, arrumei as mercadorias aos meus pés. Os passageiros: mulheres de todas as idades, e umas criancinhas magras. Nenhum brinquedo. Quer dizer: bolinhas de gude e bonequinhas velhas, de roupinha esfarrapada. Esperamos uns vinte minutos, e aí estranhei a demora. O que faltava para partir? Dalberto apontou o topo da rampa do Mercado: dois homens socados carregavam um caixão. Pensei: deve ser enterro de defunto bem-apessoado, lá em Nhamundá. O caixão, cheio de adornos e entalhes, tinha sido feito em Parintins, cidade de artesãos talentosos. O comandante ordenou aos carregadores: colocassem o ataúde na proa do *Princesa*, para não assustar as crianças. Mal as passageiras enxergaram o caixão, se benzeram, e uma delas perguntou: o defunto era de Parintins ou de Nhamundá? O comandante olhou o rio, balançou a cabeça, não sabia. Eu insisti: Dalberto, esse morto não tem nome?

Seu Moamede, nome e sobrenome ele tem, mas falta o defunto.

Alguns jovens riram, outros se assustaram. O velho balançou a cabeça, prosseguiu:

Um caixão vazio, sem cruz talhada na madeira. Uma senhora magrinha puxou uma Ave-Maria, outras fizeram coro, mas o barulho do motor abafou as preces. O sol do meio-dia prometia brasas. Deixamos para trás a ilha do Espírito Santo e rumamos para o Nhamundá. Dalberto e o jeitão dele, de comandante atento, olhos no meio do rio e nas margens. Perto da fazenda São José, fartura de bois e charqueada, a gente viu um barco cheio de caboclos festeiros. Riam e dançavam a bordo, iam para as festas juninas na sede da fazenda. A mulherada se debruçou no parapeito do convés, o barco buzinou de tanta alegria. Mais perto do *Princesa*, a música se apagou, todos ficaram parados. O caixão na proa deve ter abafado a alegria dos passageiros. Depois, para não perder tempo, aproveitei a viagem para regatear: vendi às mulheres umas peças de morim, carretéis, agulhas, anáguas. Qualquer preço era lucro para todos, eu queria me livrar dos fardos, voltar para Manaus e entrar na mata para caçar. Lá pelo meio da tarde, a poucas horas de Nhamundá, uma passageira ofereceu merenda para todo mundo, e comemos peixe frito com farinha e banana. Na hora da sesta, o barco desviou a rota e entrou num paraná estreito, de águas escuras. Ia deixar passageiros em alguma vila? Só podia ser: muita gente se esconde, em solidão absoluta, nas beiras de águas desertas. Dalberto nem tocou o sininho: atracou às pressas. Ninguém entendeu a razão. Nem passageiros nem carga para deixar ou embarcar. Estranho. Vai ver que ia pegar uma encomenda: carta, dinheiro ou comida, algum pacote para Nhamundá. Foi o que eu pensei. O lugar nem era comarca: lugarzinho árido, sem cores, nem atracadouro tinha. Nada. A não ser umas casinhas espalhadas, cobertas de palha seca, sem traçado de arruamento, e um arremedo pobre de praça, com pedaços de tora queimada que serviam de banco. E um silêncio com tanta solidão, que parecia povoado fantasma.

 O comandante saltou: Volto já, Deus me abençoe. E sorriu, para ele, para dentro. As mulheres se olharam; depois todo mundo se interrogou com os olhos. Dalberto sabia o destino de seus passos: atravessou o descampado, sumiu antes de entrar na mata. Esperamos. Alguém assobiou uma toada antiga, o calor esfolava, dava vontade de ficar nu e dar um mergulho. Ele ia demorar? Pensei em sair do barco e abrir meus fardos de casa em casa. Reparei que os barracos não tinham porta. E eram tão pobres, de ignorar dinheiro. Ali ninguém comprava nada, nem fazia escambo. O que eu ia vender? Brisa? Um dia aquele lugar foi aldeia, deve ter sido aldeia de índios. Agora ninguém sabia o que era. Uns meninos apareciam na escadinha do buraco da porta e, quando a gente olhava de novo, já tinham sumido; às vezes o cabelo de uma mulher surgia na janela e também sumia. O susto maior foi o som de um sino, distante e fraco, que nem choro de sofrimento. Mas não tinha igreja por ali. Uma passageira pigarreou e suspirou: Vixe Maria, lugar medonho! E todas se benzeram pela segunda vez. Piquei um fumo de corda, enrolei um cigarro e expeli fumaça. Notei que as passageiras estavam quietas, hipnotizadas, pareciam estátuas. As crianças, com olhos de medo, caíram no colo das mães e avós. Tudo ficou quieto, que nem pintura ou formas de pedra. Olhei para o povoado e percebi que os barracos e a floresta tinham perdido a nitidez. Só via o contorno na tarde calorenta. Tudo parecia embaçado. Era o mormaço? Podia ser minha vista de velho, embaralhada. Não sei... Então comecei a ver de novo, e as pessoas começaram a fazer gestos, mover os braços, a cabeça. Desencantaram, como diz o povo do interior. De repente, o diabo do barco começou a balançar...

    Ventania?

    Que nada, rapaz! Balançou sem vento, sem banzeiro de outro barco. Uma coisa assombrada. O cigarro tremeu nos lábios, eu disfarcei, sou velho viajante, mas senti o corpo formigando. Uma moça, cunhantã de uns quinze anos, deu um grito, começou a chorar, queria subir na cabine e buzinar. Não deixei. É melhor esperar, eu disse. A espera era a nossa única sina naquele oco de mundo. O barco parou de balançar, e uns guinchados de macaco alardearam alguma coisa. Lá longe, uma silhueta tremeu no mormaço, foi crescendo e se alargando, até pegar forma de homem. Era o Dalberto. Todo mundo se levantou, com abraços e até salva de palmas. O comandante andava devagar, puxando uma corda amarrada a um saco.

O que era?

Calma, vou contar tudo, ainda tem meio e fim. Era uma rede vermelha, de um vermelho vivo, encarnado. Dalberto pôs a rede nos braços, caminhou na água rasa e gritou: Seu Moamede, me ajude. O fardo era pesadão, tronco de pau-ferro ou angelim-pedra. Foi o que pensei. Quando Dalberto entrou no tombadilho, notei o rosto cansado, suarento, mas cheio de orgulho. E também uma ponta de contrariedade, impressão minha. Ele mastigava alguma coisa. Cuspiu uma bolinha de sorva, e perguntei: Caçou uma anta, comandante?

Cacei o caçador, ele respondeu. Depois, cochichou para mim: Amigo, abra o caixão.

Não entendi. Ele repetiu: A tampa, seu Moamede, abra a tampa.

Como é que pode? Obedeci, ajudei, abri. Ele mesmo arrumou aquela coisa pesada dentro do caixão. Deu na medida. Aí foi um deus-nos-acuda, as mulheres ficaram juntinhas, espremidas, abraçando as crianças. Dalberto pôs a tampa, subiu para a cabine de comando, deu a partida. E o *Princesa Anaíra*, com o caixão na proa, navegou para o seu destino. Ninguém falava, nem conversa de jogar fora. Quando atracamos em Nhamundá, os passageiros saíram dando pulos, num alvoroço de alívio. E eu fiquei com meus fardos, o comandante e o caixão.

O senhor vem comigo, quero mais uma ajudazinha.

Concordei, estranhando tudo. Quatro caboclos que estavam no porto nos ajudaram a colocar o caixão numa carroça. Vamos ao cemitério?, perguntou o carroceiro. Pra casa, minha casa, ordenou o comandante, com raiva. Ele olhou para o *Princesa Anaíra*: um olhar tão triste que eu perguntei o que ele estava pensando. Então ele fechou os olhos, fechou e abriu várias vezes, como se os olhos ardessem de tanta tristeza, porque começou a lagrimar, calado. E sussurrou essas palavras: Estou dando adeus para o meu barco e para minha princesa, seu Moamede. Nós dois sentamos ao lado do caixão, os quatro barqueiros nos acompanharam em fila indiana, e muita gente foi atrás da carroça. Ninguém sabia quem era o morto, mas a curiosidade atrai multidão. Uma moça, na calçada de uma casinha verde entre duas palmeiras, arregalou os olhos. Dalberto, com voz seca, perguntou pela patroa.

Tá na igreja com as crianças, disse a empregada.

Entramos na casa, os barqueiros deixaram o caixão em cima da mesa da sala e foram embora. Dalberto tirou a tampa, afastou a aba da rede encarnada, e então vi o rosto de um moço. Rosto bonito, feições delicadas, ombros largos, olhos quase abertos. Um jovem que me lembrava uma pessoa conhecida. Quem? Fiquei matutando... O sangue ainda se espalhava no peito do moço. Dalberto trouxe quatro velas, pôs uma em cada canto da mesa. Tirou a rede encarnada, manchada de sangue, essa cor mais viva que todas as cores. Não escondi meu medo, nem as perguntas: O que foi... O que pode ser isso, comandante?

Ele olhou o morto, murmurou palavras que não entendi, e se benzeu. Depois se virou para o canto da sala e encontrou a empregada, mãos juntas, em prece, acuada e medrosa como um bichinho. Ela chorava, sem soluços.

Quando a tua patroa chegar, disse Dalberto, acenda as velas e diga que tem visita nesta sala. E diga aos meus filhinhos que agora eles podem viver de cabeça empinada.

Saiu, me puxando pelos braços, sem olhar para os curiosos. O sol fraquinho, de fim de tarde, iluminou o rosto do Dalberto. Dor e lágrimas. Mas a voz dele ainda tinha bondade e muita coragem:

Seu Moamede, sei que nunca mais vou navegar no Amazonas. Mas salvei minhas honras e tirei a vergonha dos meus três filhos. Por isso matei meu irmão caçula. Matei sem covardia. Homem contra homem, e só uma faca na mão. Agora me faça um último favor. Me acompanhe até a delegacia e sustente uma mentira, que é pura verdade: diga que me viu desafiar e matar o amante de minha mulher Anaíra.

O velho se levantou, enxugou o rosto com as mãos e saiu. A tarde escurecia. Nós ficamos sentados em roda, calados, a voz do avô ressoando na sala. A tela riscada de linhas cinzentas emitia chiados e era apenas uma imagem monótona no silêncio daquela tarde de domingo.

Manaus, Bombaim, Palo Alto

Para Lyris Wiedemann e Lúcia Sá

Na Casa Bolívar, campus de Stanford, em Palo Alto, um gato amarelo no colo da escritora Roshni era idêntico a Leon, meu felino amazonense. Naquele momento, enquanto me aproximava de Roshni, o sósia de Leon me remeteu a uma noite distante em que conheci um almirante indiano.

Na minha vida nômade, eu nunca tinha conversado com um almirante e, quando um assessor do governo do Amazonas me telefonou dizendo que o sr. Rajiv Kumar Sharma queria me conhecer, logo pensei num trote ou numa piada. Mas o assessor foi tão insistente, que perguntei: Almirante? Por quê?

O sr. Sharma faz parte de uma comitiva da marinha indiana, respondeu o assessor. O almirante gostaria de visitar um escritor da cidade. Ele só quer ver como você mora, o escritório onde você escreve, essas coisas...

Disse-lhe que o meu apartamento, pequeno e estropiado, ficava escondido num lugar sem encanto algum.

Aproveitei a deixa para protestar: dois anos de blecaute contínuo danificam os aparelhos elétricos e os nossos nervos. Estamos em julho: você gostaria de ver um almirante sufocar neste forno? Além disso, o forro do sofá da sala estava esgarçado, as portas do balcão empenadas...

Eu mesmo me sentia esgarçado e empenado. Lembrei de uma amiga polonesa, que se suicidara havia menos de um mês.

Leve o almirante para outro porto, eu disse, encerrando a conversa.

O assessor ignorou meus resmungos. E insistiu: era o pedido de um homem que pertencia a uma casta superior.

Mais uma razão para um desencontro, eu disse, pensando na *upper cast* e também na *upper class*, pois classe e casta deviam ser inseparáveis naquele homem do mar.

Mas não adiantou: naquela noite abafada de um dia nublado, Sharma e o assessor do governo subiram os três andares do edifício onde eu morava e entraram no meu apartamento. O assessor não quis sentar: era uma visita rápida, de uns quinze minutos. O almirante acomodou-se discretamente no sofá em frangalhos e cruzou as pernas. Parecia, de fato, um homem distinto. O uniforme branco e o quepe com a insígnia da marinha indiana me impressionaram, e imaginei-o no comando de uma frota no mar da Arábia ou na baía de Bengala.

Rajiv Kumar Sharma era acobreado como os indianos, cabelo preto e escorrido, cortado à escovinha; um sorriso quase constante podia ser um cacoete ou uma reverência a mim, o anfitrião. Magro e de estatura mediana, mãos pequenas de boneco, mas o uniforme e a altivez devolviam-lhe o porte de comandante de uma esquadra naval. Falava inglês com uma pronúncia alarmante; além do híndi, sua língua materna, conhecia o rajastani e também o urdu.

No começo do encontro, o silêncio entre desconhecidos. O almirante observou os livros e dicionários empilhados no chão, as paredes com nódoas, as lajotas desconjuntadas da sala, as teias de aranha na sombra dos cantos mais altos; um copo e garrafas vazias acusavam a solidão do passado recente. Eu só tivera ânimo de varrer as formigas-de-fogo, todas mortas, e ofertá-las às cigarras na soleira da varandinha. O embaraço, que podia ter sido meu, assaltou o semblante de Sharma.

Desculpe, eu disse, olhando para o péssimo estado da sala.

A cabine do meu navio não é mais luxuosa, ele disse. Escritores e marinheiros estão quase sempre longe de seu lugar, cada um a seu modo.

Conheço muito pouco a literatura do seu país. Alguns poemas de Tagore, os contos maravilhosos de Saadat Hasan Manto, um e outro romance pós-colonial. Ainda não me deparei com a grandeza épica e espiritual do Ramayana e do Mahabharata. Para mim, a Índia é quase uma cartografia imaginária.

Você está em vantagem, disse Sharma. Para mim, a Amazônia é o mapa de um labirinto infinito. Amanhã vou entrar nesse labirinto.

A literatura indiana também deve ser um labirinto, observei, usando a metáfora da região em que nasci.

Minha formação é militar, afirmou o almirante, com orgulho. Não me sinto à vontade para falar do poema de Valmiki, nem de textos sagrados. Minha bússola é outra, embora eu respeite esses textos com a mesma reverência que faço ao mar. Mas é impossível afirmar que existe *uma* literatura da Índia. Várias línguas vivas participam da cultura do meu país. Do século x ao século xix os grandes poetas da Índia escreviam em pelo menos três idiomas: o materno, o da província e o hindustani, que é o híndi-urdu do Norte.

O almirante mencionou poetas e prosadores que escreviam em gujarate, rajastani, híndi, urdu, punjabi, malaiala e bengalês. A língua inglesa era insuficiente para traduzir essa literatura...

Por causa do passado colonial?

Não, disse o almirante. A língua inglesa é a mais descentrada, a mais distante em sua estrutura e ambiente de todas as línguas indianas. O inglês é o menos capaz de preencher a lacuna entre o original e a tradução, e essa lacuna aumenta à medida que o texto de origem se aproxima da narrativa oral.

Deu como exemplo uns versos de um poeta cujo nome eu esqueci. Sharma não traduziu um único verso, nem mesmo uma palavra: queria que eu escutasse a voz, o ritmo, a entonação com gestos. Pura melodia, orquestrada por mãos ágeis e delicadas. Além de homem do mar, parecia um homem do palco. Um ator.

Em que língua recitara os versos?

Rajastani, ele respondeu, com as mãozinhas juntas que tocavam o peito.

Então observei que os sons me lembravam os do nheengatu, que ouvi em conversas de índios numa viagem pelo rio Negro.

Ainda se fala essa língua em Manaus?

Muito pouco, eu disse. É mais falada nos povoados e cidades do rio Negro. É uma língua híbrida inventada pelos colonizadores para substituir várias línguas nativas.

Muitas desapareceram, mas no nosso vocabulário há milhares de palavras indígenas de norte a sul do Brasil.

Do norte ao sul da Índia as línguas das províncias não morreram. São dezenas. Formam a base da nossa cultura. O inglês prevaleceu nas cidades, na administração, no poder, em certas literaturas da elite.

Uma explosão de gritos e vaias o interrompeu. O protesto dos moradores do Califórnia aumentou, o bairro e toda a cidade pareciam urrar. Blecaute. Mais uma noite sem luz.

Parece que estamos na Índia, murmurou o almirante na escuridão.

Acendi o candeeiro e dois tocos de vela, divisei o rosto desconcertado do assessor do governo. Parecia uma sombra em pé, e entrou na conversa para dizer que o governo ia resolver aquele problema: era só uma questão de tempo.

O almirante sorriu. Ou imaginei um sorriso na penumbra; depois ele disse: Na Índia escutamos essa frase dez vezes por dia, mas nossa frota é moderna e bem equipada.

Dois olhos amarelos tremiam perto do sofá: Leon rondava por ali, lambia os sapatos de Sharma, enroscando-se na bainha da calça impoluta. Chamei o bichano, que me ignorou com a altivez dos felinos. Tentei exorcizar a situação embaraçosa com uma pergunta: tantas línguas vivas não ameaçavam a unidade da nação indiana?

Essa é uma das nossas riquezas, afirmou o almirante. Nossas línguas são tão ricas e prolíficas quanto os deuses, embora seja difícil acreditar em milhares de divindades. Quer dizer, difícil para um ocidental.

Disse isso e se surpreendeu com o salto certeiro de Leon, que caiu no colo de Sharma. A impertinência do gato me irritou, e nem tive tempo de repreendê-lo: trovoadas e uma pancada de chuva grossa nos confinaram num silêncio incômodo. E o que eu mais temia aconteceu: goteiras no teto da sala deram sinal de vida. Cobri os livros com pedaços de plástico, e coloquei bacias e panelas no piso para evitar uma inundação. De repente, escutei a voz de Sharma:

Bom, agora parece que estamos mesmo na Índia.

Mas sem os deuses, observei. E até agora apenas com a língua inglesa.

Essa era a Índia sonhada pelo Império Britânico, disse o almirante. Não foi um sonho em vão. Muitos indianos de Madras e outras cidades do Sul se sentem mais à vontade falando em inglês do que em urdu. De todo modo, com ou sem computador, todo o subcontinente se comunica com os deuses. Até os navios da nossa marinha são batizados com nomes de divindades.

Seu senso de humor me pareceu oportuno. Chuva forte e trovões, a natureza nos obrigava a calar. O assessor do governo se despediu, meio sem graça. Rajiv Kumar Sharma fez o mesmo e, quando se ergueu lentamente, escutamos um som rascante que vinha de seu corpo. O desconcerto foi unânime, e o miado agudo de Leon soou como um grito de triunfo. O som fora emitido pela tira de esparadrapo que passara do sofá ao uniforme de Sharma. O almirante descolou o pedaço de esparadrapo e deixou-o sobre o sofá.

I am so sorry, balbuciei, quase sem fala.

Never mind. Gatos mimados são manias dos escritores.

Sharma e o assessor não esperaram a chuva passar. Iluminei a escada com o candeeiro, e os dois desceram, sumiram na escuridão do hall e entraram no carro oficial que os aguardava.

    Sentei no sofá e acariciei o gato, cujo olhar não podia decifrar. Desdentado, ele só conseguia lamber leite, às vezes engolia uma osga ou abocanhava uma barata. Ficamos calados na cidade escura, Leon ao meu lado, testemunhando minha insônia depois da visita do almirante indiano. O gato confinado no presente, e eu angustiado com a morte de minha amiga. Fiquei com Leon e minhas lembranças até o amanhecer: a súbita claridade e o céu anilado, a cantoria das cigarras e o chiado dos gafanhotos no preâmbulo de uma manhã morna.

    Meses depois, quando fui morar na Califórnia, dei Leon a uma moça que gostava dele. Ela morava numa palafita enganchada num barranco do Coroado, e jurou que Leon não ia ser devorado pela cachorrada faminta do bairro pobre. Nunca mais tive notícias do felino.

    Ele ressurgiu na Casa Bolívar, aninhado no colo de Roshni, a indiana que eu havia conhecido no campus de Stanford. Fui direto ao gato: os mesmos olhos cansados, a mesma pelagem amarela, as patas brancas. O olhar derramava uma ponta de tristeza. Não miou, ergueu a cabeça para o céu, em pose pensativa. Logo me lembrei da visita desastrosa de Kumar Sharma na noite em que decidi mudar de vida e de cidade.

    A voz de Roshni me assustou:

    Parece com o Leon, não é?

    Leon? Como sabia o nome do meu gato?

    Eu é que não sabia que você foi marinheiro. Capitão-de-corveta. É isso?

Eu, capitão-de-corveta? Que história era aquela?

Faz algum tempo, li no *Indian Times* que você era marinheiro de água doce, disse ela. Isso não aparece na sua biografia.

Você está me confundindo com alguém. Outra pessoa...

Não: o seu nome, o título do seu livro, a sua cidade.

Então Roshni mencionou uma crônica de um jornalista indiano: o passeio pelo rio Amazonas na corveta *Ajuricaba*, sob o *meu* comando; a homenagem aos membros da comitiva da marinha indiana na sede do Comando Naval da Amazônia Ocidental. E a visita do jornalista indiano e de um assessor do governo do Amazonas ao meu apartamento.

Parece que chovia muito, prosseguiu Roshni. O cronista não foi muito simpático, escreveu que o seu apartamento era um chiqueiro. Chovia mais dentro do que fora. Foi uma conversa num aquário. E você parecia um peixe angustiado.

Caí numa armadilha, pensei em voz alta.

Roshni deixou o gato deslizar de seu colo. O sósia de Leon deu um salto e andou devagar pela Casa Bolívar até sumir num corredor.

Armadilha? Não para um leitor de Bombaim, ela replicou. Além disso, Rajiv Kumar Sharma é um cronista que não costuma mentir.

Dois tempos

Encontrei-a por acaso na noite de um sábado.

Queria fazer uma surpresa para tio Ranulfo, nem me lembrava quanto tempo ficara sem vê-lo. A porta da casa dele, trancada. Imaginei que estivesse viajando e me hospedei numa pensão perto do teatro Chaminé. Jantei no Sereia do rio e, enquanto comia, me lembrei da voz ansiosa de tio Ran, antes de suas breves viagens a Rio Preto da Eva.

Saí da zona portuária, caminhando devagar até as ruas escuras de um quarteirão antigo. Havia lamparinas e velas nos batentes das janelas abertas, nas estantes e mesas das salas devassadas, na janela de um sobrado onde demorei a reconhecer o rosto de uma antiga vizinha e ex-aluna do conservatório. Aiana saiu do casarão e, na calçada, perguntou: Não te lembras dela, a Tarazibula Steinway?

Eu tinha uns catorze anos, e morava na casa de meu tio. Gostava dele, um solteirão estabanado, que me levava para corricar no paraná do Cambixe. Com ele fui pela primeira vez ao Varandas da Eva e a outros balneários noturnos. Não se zangava quando me via sem farda, gazeteando aulas; mas nas noites de esbórnia no quarto dele, quando me surpreendia de olho na fechadura, tio Ran me expulsava aos gritos. No dia seguinte, ele dava um tapa no meu ombro, ria sem jeito, ia embora.

Era alto e desengonçado, às vezes se desculpava por ser atrapalhado e não saber pôr as coisas dele em ordem nem arrumar a casa. Não sei se gostava da vida de solteiro, acho que não queria mulher ao lado dele, dia e noite, sem trégua. Mal suporto a mim mesmo, ele dizia, justificando a solidão.

Na nossa casa era raro sentar à mesa no meio de tanta bagunça. Comíamos no Sereia do rio, que, além de barato, tinha uma varanda para o rio Negro e a floresta. Quando voltava de suas viagens misteriosas, me trazia presentes embrulhados com desleixo em papel de padaria. Nunca soube por que ele viajava tanto. Numa sexta-feira incerta, dizia de supetão: Embarco de noitinha, mas daqui a dois dias estamos juntos. Não queria que o acompanhasse ao porto, despedidas solenes dão azar, ele brincava.

Via meu tio segurando uma sacola de lona e pensava que ele nunca mais ia voltar. Pensava nisso até na presença dele; na verdade, tinha medo de que ele fosse embora para sempre. Quando me via triste e calado, querendo saber o motivo de tanto silêncio, eu mentia: minha cabeça ia queimar de tanta dor, uma dor lá no fundo. Tio Ran não entendia minha recusa de ir ao médico. Então, numa segunda-feira, ele me levou ao conservatório. Ficou observando as janelas fechadas do andar superior. Depois disse: Entra e fala com a professora. Quem sabe se as aulas de canto não vão curar tua enxaqueca?

Com a minha voz indecisa, saindo da infância, comecei a aprender canto com Tarazibula Boanerges. Na minha cidade, ela era a protagonista do canto e do piano. Eu me impressionava com o rosto dela, cheio de pontinhos pretos, ameaçando formar barba. As pernas eram cabeludas como os braços, mas a voz, de inflexão melódica, me fazia esquecer tudo. O sorriso bonachão e a generosidade extremada participavam dessa magia. Acima de tudo, era professora, e, para nós, uma artista.

Aprendi tanta coisa com dona Steinway, disse Aiana, tentando acender uma vela.

Dona Steinway, porque só a professora tinha um desses pianos em bom estado. O outro pertencia ao teatro Amazonas, mas, além de desafinado, era um ninho de traças e baratas. Partituras e livros de música enchiam a estante da sala do conservatório; na mesa de centro, uma flauta indígena, que ela soprou uma única vez, e murmurou, como se estivesse sozinha: Nossa dissonância ancestral.

Ensinava noite e dia, talvez sonhasse com sons. Crianças dedilhavam as primeiras notas, anos depois interpretavam um chorinho de Nazareth; algum dia uma ou outra poderia tocar uma sonata de Schubert ou de Beethoven. Bach, não. O mais difícil, o quase impossível, o que pede tudo a um artista, o corpo, a alma, ambos concentrados oito ou dez horas diárias ao longo de uma vida, tudo, toda a sua força interior e física, Bach, por exemplo, só ela. E nunca em público, só para nós, quase às escondidas, no fim da tarde, quando ela se desculpava pelas notas erradas ou uma saída do andamento, esbarrões que não percebíamos, nem podíamos perceber.

Na primeira aula ela sondou minha voz. Tocava uma tecla e me pedia a nota correspondente. Outra, mais aguda, e então eu perdia a voz, a voz abandonava meu corpo. Uma nota mais grave, eu grunhia. Ela não se desapontou e teve paciência: Não é preciso se esgoelar, canta ao natural, como se estivesses falando.

Talvez quisesse descobrir em mim um grande tenor, mas minha voz, meu corpo, claudicava.

O som já está ficando mais puro, mais claro, ela mentia. A potência virá com o tempo.

Cantou um *Lied* sombrio, não lembro qual, e me consolou: Tens que dar tempo ao tempo.

Naquela tarde, percebi: sou incapaz para o canto. A professora Steinway já devia saber que seu aluno não era promessa de nada. Mesmo se eu fosse estudar no outro hemisfério: nada. Uma nulidade, voz para conversa, grito ou resmungo, nunca para o canto. Ainda assim, ela estimulava seu único aluno, o único menino. Já és um tenorino talentoso, ela brincava, quando ouvia meus agudos alarmantes. As meninas e as pianistas veteranas entediavam-se; muitas frequentavam o conservatório por obrigação ou para matar o tempo. Várias alunas cochichavam nos corredores. Pior: cochichavam quando a professora pedia silêncio, as mãos e os lábios tremendo, enquanto o olhar repreendia as tagarelas.

Numa tarde, a mãe de uma aluna interrompeu bruscamente a aula, querendo saber o desempenho da filha; o sonho dela era ver a filha virtuose dar um recital no teatro Amazonas. Pagou em dobro o preço das aulas, deixou cédulas altas sobre o teclado do piano e foi embora sem esperar o troco. Dona Steinway ficou paralisada, muda. Senti seu hálito quente, vi suas mãos fechadas, o corpo que ofegava e crescia. Ela tirou as cédulas, jogou-as na mesa da flauta. Sentou lentamente na banqueta e as mãos retomaram o chorinho.

No último ano dos meus estudos de canto, já não me inquietava tanto com a ausência de tio Ran. Na manhã de um sábado, quando ele estava viajando, fui assistir aos exercícios de Aiana no conservatório. Na sala não encontrei minha amiga; ouvi passos na escada e, quando a professora surgiu, parecia outra; usava um vestido decotado, brincos e colar; os lábios vermelhos e o cheiro de perfume davam a impressão de que a noite a esperava. Ia me despedir, mas ela me abraçou e beijou como se não me visse fazia muito tempo. Disse que tocaria alguns prelúdios e mazurcas de Chopin. Nos intervalos enxugava o rosto, concentrava-se, e interpretava com prazer o que durante a semana martirizava as alunas. Sentado perto dela, admirava os movimentos ágeis e firmes de suas mãos, que tocavam só para mim. Quando terminou, cobriu o teclado com uma faixa de feltro, e me olhou demoradamente antes de dizer: Conheci tua mãe, uma das primeiras alunas. Estudou seis anos, gostava dos *Prelúdios*...

A professora sabia que eu era órfão, mas nunca havia mencionado o nome de minha mãe. Ficamos em silêncio por alguns segundos; ela se levantou, me acompanhou até o portão, fez uma pergunta como se fosse uma despedida: Teu tio cuida bem de ti?

Pouco tempo depois, quando eu pensava em deixar a cidade, fui com tio Ran ao teatro Amazonas, onde dona Steinway daria um recital. Insisti em chegar cedo, queria achar lugar na primeira fila, bem perto do palco. O teatro estaria lotado e eu fazia questão de que a professora notasse minha presença. Quando entramos na sala, havia poucas pessoas. Aiana, sozinha na primeira fila, nos chamou. Tio Ran apontava o nome dos músicos, poetas e dramaturgos europeus: os artistas mais famosos do mundo estavam ali, nos estandartes de gesso em forma de lira, encardidos e empoeirados. Várias lâmpadas dos lustres, queimadas; a pintura do pano de boca parecia enrugada. Sentado, observei com calma o motivo da pintura: ninfas gordas deitadas em conchas que flutuam no encontro das águas. Dona Steinway demorava, esperando talvez a presença dos convidados. Lentamente a sala foi escurecendo, e apenas a pintura se destacava, iluminada, solta no espaço. O calor aumentava, tudo parecia parado, eu me estiquei na cadeira e me deixei levar por aquelas conchas com seres mitológicos; pouco a pouco me distanciei daquele lugar. Os dois rios iluminados pareciam jorrar da pintura e inundar a sala silenciosa e sombria, cobrir tudo de água, até o lustre gigantesco e a abóbada do teto, onde a torre parisiense e as alegorias em seu redor eram grandezas do outro mundo.

Um ruído me despertou. Ao meu lado, Aiana resmungava ao ver a sala quase vazia. Quando o pano de boca subiu, o piano preto do conservatório apareceu no centro do palco. Depois ela entrou, aproximou-se da plateia, foi aplaudida com entusiasmo. Da primeira fila eu podia ver o rosto em êxtase da pianista, a alegria incontida, como se fosse uma grande noite.

Depois do recital fomos falar com ela. Não parecia decepcionada. Esse teatro é grande demais para um recital de Schubert, a pianista piscou para o meu tio. Hoje em dia, uma plateia de vinte pessoas é uma multidão. O teu sobrinho vai continuar a aprender canto?

Ainda voltei algumas vezes ao conservatório. Uns meses depois do recital, parti.

Longe da minha cidade, cada vez mais longe, ao ouvir uma sonata de Schubert, um chorinho de Nazareth ou as *Bachianas brasileiras*, eu me lembrava da pianista. De seus dedos longos, de seu rosto suado, tenso ou radiante, todo o corpo atento, tocando para a pequena plateia. Dona Steinway não buscava a notoriedade. Ensinava. E sabia escutar.

Pensava nisso quando Aiana, vela na mão, me puxou pelo braço e me conduziu à escada de ferro. Sem saber por quê, hesitei em entrar. Pude ver uma parte da sala espaçosa, aclarada por lamparinas, cheia de gente bem-vestida. Um cheiro esquisito, de perfume e flores, se misturava ao bafo quente da noite. Uma faixa de tecido verde, com palavras douradas, de luto, cobria livros e partituras; perto da parede, ex-alunas cochichavam com as mães.

Quando entrei, vi um homem velho e triste, curvado sobre o rosto da mulher deitada, quieta, as mãos cruzadas. Levei um susto, tentei pronunciar o nome dele, mas emudeci. Tio Ran parecia outro, tão diferente, ali em pé, as mãos enleadas no cabelo da professora.

Quase não vi o rosto da pianista, escondido por outro, o do meu tio. Mas vi, observei, senti suas mãos que tanto dedilharam o teclado, agora silencioso, agora fechado sabe-se lá até quando.

A casa ilhada

Era junho, auge da enchente, por isso tivemos que embarcar na beira do igarapé do Poço Fundo e navegar até a casa no meio da ilhota.

Os moradores das palafitas nos olhavam com surpresa, como se fôssemos dois forasteiros perdidos num lugar de Manaus que podia ser tudo, menos uma atração turística. No entanto, o cientista Lavedan, antes de voltar para Zurique, insistiu para que o acompanhasse até a casa ilhada, teimando em navegar num rio margeado de casebres pobres.

Nós nos encontramos no fim de uma manhã ensolarada lá no Bosque da Ciência, um dos raros recantos em que Manaus se concilia com a natureza. No Bosque há sempre um cientista pronto para dissertar sobre pássaros, símios e mariposas, ou orquídeas raras e a arquitetura móvel dos cupins. Algumas árvores estão ali há séculos, enguias-d'água-doce serpenteiam em águas aprisionadas, longe de sua morada original: o fundo de um lago ou rio de onde foram fisgadas para sempre.

Eu estava diante de um aquário, admirando um peixe à flor da água, um peixe pequeno e estranho, quando uma voz estrangeira murmurou atrás de mim:

É o tralhoto, um teleósteo da família...

O homem parou de falar, tocou no vidro do aquário e acrescentou em voz alta: Não importa a família, o que importa é o olhar desse peixe.

Então eu soube que o tralhoto, com seus olhos divididos, vê ao mesmo tempo o nosso mundo e o outro: o aquático, o submerso.

Curioso, eu disse. Ver o exterior já não é tão fácil, imagine ver os dois...

Por que você acha que estudo os peixes?, interrompeu o estrangeiro, acariciando a placa de vidro. Os olhos de Lavedan encontraram os do tralhoto, e ambos permaneceram assim: o peixe e o homem, quietos, encantados pelo magnetismo de tantos olhos voltados para dentro e para fora. Isso durou o tempo de um olhar demorado. Depois Lavedan falou um pouco mais sobre esse teleósteo de olhar cindido, e de repente emudeceu. Parecia inquieto; em algum momento pareceu exasperado. Abriu a sacola de couro, apalpou-a por dentro, até a mão direita trêmula encontrar um cartão-postal. No rosto sério os lábios sumiram de sua boca, quem sabe um cacoete ou o gesto ansioso.

Por favor, me acompanhe até essa casa, ele pediu, apontando a fotografia do cartão-postal.

O tom da voz era quase de súplica; chegou a ser patético ao repetir o pedido em francês, e só não o fez em alemão porque dispensei mais salamaleques.

Eu conhecia de vista a casa ilhada: um bangalô atraente

e misterioso, que só parecia dar sinal de vida depois do anoitecer, quando as luzes iluminavam a fachada e o jardim. Sempre que atravessava a ponte sobre o igarapé, via uma ponta do telhado vermelho e, de um único ângulo, podia ver as portas e janelas fechadas, como se algo ou alguém no interior da casa fosse proibido à cidade ou ao olhar dos outros.

Agora o catraieiro remava lentamente no meio do igarapé do Poço Fundo. Lavedan não se incomodou com o mau cheiro das latrinas espalhadas nas margens, nem respondeu aos meninos que acenavam na janela das palafitas. Algumas crianças davam risadas ao ver o homem alto e muito magro, careca, rosto rosado, o corpo meio desajeitado na canoa. Ele tampouco deu bola para isso: mirava a fotografia da casa, e mirava o rio que se afunilava perto da ponte. Depois da curva do igarapé avistamos o telhado vermelho sob o céu claro. No rosto de Lavedan surgiu um sorriso incompleto, talvez uma reação emotiva diante da casa que agora crescia com nitidez na parte mais elevada da ilhota.

O extenso gramado fora coberto pela enchente, poças de lama manchavam o jardim, mas os bancos de madeira da varanda e os açaizeiros na beira do igarapé acentuavam o encanto do lugar. A copa de uma imensa sumaumeira cobria um pedaço do céu e dava magnitude à paisagem.

O catraieiro atracou ao lado de um barco abandonado, em cuja proa se podia ler *Terpsícore* em letras vermelhas e desbotadas. Lavedan soletrou o nome do barco, enganchou a alça da sacola no ombro e saltou na lama; sem olhar para trás, caminhou com firmeza na direção da casa. Entendi que devia esperá-lo na canoa.

Hoje, não saberia dizer quanto tempo Lavedan demorou dentro da casa. O catraieiro me emprestou um chapéu de palha; depois assobiei, cantarolei, observei detalhes da casa e do lugar; talvez tenha injuriado o suíço misterioso, de quem só sabia o nome e as qualidades de ictiólogo contadas por ele mesmo. Meses mais tarde conheceria algo do homem transtornado que ele foi ou que sempre será. No entanto, ao regressar da casa, Lavedan parecia sereno, reconfortado; murmurou palavras de agradecimento e pediu desculpas por ter ocupado uma parte da minha manhã. Disse que no meio da tarde viajaria para o Rio, de onde voaria para Zurique e depois Genebra. Nós nos despedimos no porto dos Educandos, próximo à feira da Panair. Lavedan pagou o catraieiro e prometeu escrever-me "de algum lugar do outro hemisfério".

Isso aconteceu em 1990. Ou, para ser preciso: 16 de junho de 1990. Não me lembro com nitidez do que me ocorreu há duas semanas, mas, se me lembro dessa data, é porque no dia 18 de junho daquele ano os jornais noticiaram a morte do único morador da casa ilhada. O corpo, sem sinal de violência, fora encontrado na tarde do dia anterior. A fotografia da casa me conduziu à notícia da morte. Encarei tudo isso como uma coincidência. Até que, dois meses depois, recebi uma carta de Lavedan.

Uma carta datilografada, em francês, postada em Londres. As primeiras linhas falam de seus estudos sobre peixes de água doce da faixa equatorial; dos peixes ele passou à paixão, e o resto da carta — ou seja, quase tudo — refere-se a algo que talvez elucide nossa visita à casa ilhada.

Na véspera do Natal de 1983, Lavedan e sua mulher inglesa, Harriet, fizeram uma viagem à Amazônia. Seria uma aventura, ou uma aventurosa lua-de-mel de um casal maduro. Eles viajaram de avião até Belém, onde embarcaram no *Caapara*; na subida do rio, conheceram dezenas de povoados à margem do Médio Amazonas. Doze dias depois, desembarcaram em Manaus. Estavam fartos de tanta água e floresta, fartos da solidão e do abandono dos ribeirinhos, mas ávidos de festas e barulho, que Manaus tem de sobra. Não foi difícil o casal entrosar com uma turma de hedonistas manauaras. Fizeram amizades no Clube dos Ingleses e, além do rock, dançaram ao ritmo de música caribenha, e cada um sentia o ardor de prazer nas narinas e na mente. Terminavam as noitadas no Mercado Municipal, onde comiam jaraqui frito e tomavam mingau de banana, e mergulhavam nas águas do Negro a fim de aplacar a ressaca. Passaram mais de um mês em Manaus, imersos nessa magia noturna, e Genebra já era uma lembrança meio apagada, inconciliável com a euforia do presente. Lavedan deixou seu currículo de cientista no Instituto de Pesquisa da Amazônia; Harriet chegou a oferecer seus préstimos de poliglota às empresas estrangeiras da zona industrial de Manaus. Ambos se entusiasmaram com a possibilidade de morar na cidade, mas essa conjetura foi interrompida bruscamente na madrugada de um dia que Lavedan indicou na carta: 15 de fevereiro de 1984.

Dois dias depois, Lavedan voltou sozinho para a Europa.

Nessa carta ele escreveu que deixou Manaus e a esposa por causa de um dançarino. Estavam numa festa do Shangri-Lá com a turma de notívagos intrépidos, e dançavam mambo e bolero numa atmosfera impregnada de álcool, suor e lança-perfume. O salão azulado do Shangri-Lá — uma maravilha, sublinhou Lavedan na carta — os envolvia, e eles trocavam de parceiro a cada música, bebiam no gargalo o melhor uísque e se enrolavam de tanto rir e falar alto, embalados pelo brilho extático dos metais. No clímax dessa euforia, um homem altivo e sério demais atravessou o salão com passos meticulosos, aproximou-se da mesa dos notívagos e, com um gesto reverente, pediu para dançar com Harriet. A cena causou risos: ninguém imaginava que aquele tipo, duro como um tronco de pau-ferro, fosse capaz de dar dois passos de uma valsa, quanto mais de um mambo. Para surpresa dos notívagos, ele dançou tão bem que a orquestra tocou só para ele. Para ele, e também para Harriet, que se deixou levar pelo rodopio daquele dervixe. Dançaram até o fim da noite e, quando os metais e os batuques silenciaram, Lavedan entendeu que tudo estava acabado. Quer dizer, quase tudo, porque a lembrança de Harriet perdurava. Os três anos de namoro e os dois meses de vida amazônica tornaram-se a lembrança atroz de uma única noite no Shangri-Lá.

Lavedan teve pesadelos com o par de dançarinos; às vezes, a figura altiva e agora antipática, detestável, do homem acercando-se da mesa o desviava de suas pesquisas sobre peixes. Nas viagens que fez à África e à Ásia, a cena da dança de Harriet com o intruso o atormentava até mesmo durante o dia, como uma sucessão de pesadelos em plena vigília.

O tempo borra certas lembranças e pode mitigar o ódio, o ciúme, talvez a esperança. Quanto a isso, Lavedan concordava. Mas em Genebra, no Natal de 1984, ele recebeu com surpresa a primeira correspondência de Harriet: uma fotografia em cores da casa ilhada; no verso, estas palavras em inglês: "O Shangri-Lá fechou, mas dançamos nessa pequena ilha: nossa morada". Lavedan reconheceu a caligrafia da ex-esposa. Essas palavras autênticas o perturbaram, porque reacenderam o ciúme, o ódio e a paixão, sentimentos que já perdiam força e retornaram com crueldade.

E o pior: a cada dois anos ele recebia uma fotografia idêntica com as mesmas palavras, até que em janeiro de 1990 abriu um envelope e encontrou uma foto em preto-e-branco, sem palavras no verso. Lavedan deduziu desse silêncio uma possível fuga ou morte da mulher. O resto da história você já sabe, ele escreveu no fim da carta.

Conversei com alguns biólogos do Instituto de Pesquisa da Amazônia; um ictiólogo alemão confirmou a relevância dos estudos de Lavedan: sete peixes da zona equatorial levam seu nome. Isso me fez supor que o amante infeliz e desesperado era um cientista famoso.

Por algum tempo pensei num crime ou num acerto de contas, mas não foram encontrados vestígios de homicídio no episódio da casa ilhada. Desde então, o local cercado de açaizeiros permanece fechado. E a carta de Lavedan ainda é, para mim, tão misteriosa como a identidade do estrangeiro. A carta, nosso encontro, a visita à casa ilhada.

Às vezes, de relance e a contragosto, me vêm à mente imagens daquele encontro: o rosto de Lavedan suado e vermelho, magnetizado pelo olhar do tralhoto; sua expressão de quase-felicidade ao avistar a casa depois da curva do igarapé do Poço Fundo, a pesada sacola no ombro esquerdo, o salto impetuoso na lama e os passos resolutos na direção da casa, o brilho do suor na cabeça raspada, as mãos fechadas, o corpo alto e magro irrompendo na varanda e depois na sala, sem olhar para trás...

Bárbara no inverno

Lázaro lecionava português a um grupo de executivos do La Défense e Bárbara trabalhava na redação da Radio France Internationale. Mas só Lázaro era exilado, só ele havia sido preso no Brasil, e isso Bárbara lembrou na primeira reunião no quarto-e-sala da avenida Général Leclerc. Para Lázaro, a prisão não era heroísmo, e do inferno do cárcere não se orgulhava nem tirava proveito político ou moral. Viviam em Paris com o coração e o pensamento num canto do Rio: o apartamento avarandado de Copacabana onde moraram quase dois anos, conciliando a militância com o calor da paixão, até o dia em que Lázaro foi preso e Paris se tornou um destino temporário.

Nos bistrôs da rua Daguerre recordavam os encontros nos botecos do Rio, a militância estabanada e arriscada de que só ele participava. Você morria de medo, Bárbara, ficava trancada no apartamento, pensando que eu não ia voltar, e ela concordava, acrescentando: Até hoje sinto medo, e Lázaro ria: Medo, em Paris?

Uma vez por mês iam ao mercado na rua Mouffetard, onde mitigavam a saudade comendo e cheirando frutas que os remetiam ao outro lado do Atlântico, ou conversando com africanos, antilhanos e latino-americanos. Bárbara tolerava essas conversas no mercado, mas não suportava a intimidade com expatriados e exilados, nem com franceses que só criticavam a violência no Brasil, sem nunca mencionar o colonialismo na Indochina e na África, o genocídio na Argélia e a França do marechal Pétain. Lázaro concordava, mas seus amigos não eram assim: a amargura e a revolta eram inevitáveis, a barbárie se alastrava na América Latina e era normal que ele e os amigos falassem disso. Ela não respondia, e o silêncio ele atribuía ao ciúme que Bárbara sentia de Laure ou Francine, uma dúvida ou ameaça que para os dois ainda era um assunto inaudito.

Nas tardes de sábado, quando Lázaro se reunia com os amigos, Bárbara chegava da redação da RFI com notícias sinistras da América Latina: prisões, mortes, sequestros, tortura. Depois de uma discussão exaltada, o silêncio prevalecia sobre a impotência e a revolta; Bárbara punha um disco e os convidados ficavam fumando e bebendo, pensando no que fazer. Terminavam o almoço na hora do jantar, e as propostas do fim de noite variavam: um protesto em frente à embaixada do Brasil, um encontro com intelectuais franceses, um abaixo-assinado no *Le Monde*, uma concentração na praça da Sorbonne. Quando todos iam embora, Bárbara bebia rum puro e jantava ouvindo música, Lázaro deitava na esteira, abria um livro e, mal começava a leitura, ouvia a voz: Essas reuniões são uma farsa, pura nostalgia de parasitas, os únicos que valem uma amizade são Fabiana e Marcelo, pelo menos trabalham, não passam o tempo todo se lamuriando e não têm o nariz empinado.

Então alguma coisa desandava e Lázaro não sabia por quê, ou apenas desconfiava e ele mesmo não queria, não podia aceitar. Antes não era assim, ele pensou. No começo do namoro os dois ouviam a mesma música quase todas as noites e, no tempo em que moraram juntos no Brasil, a paixão e a política se completavam; depois do primeiro inverno em Paris, o exílio, a solidão e a saudade do Rio os uniam e, quando a melancolia os deixava abatidos, Bárbara punha o disco e esperava a música, como se *aquela* canção tivesse o poder ou a magia de exorcizar qualquer vestígio de ameaça e mesmo indiferença à vida amorosa. Essa música não conta a nossa história, dizia ela, e Lázaro, pensativo: Claro, o inferno dessa canção pertence aos outros, e os dois dançavam em silêncio, dando passos curtos e arrastados, esperando mais uma noite fria passar: ela rum, ele vinho e depois vodca, e iam vivendo assim, sonhando com a viagem de volta ao Brasil.

Tudo começou a piorar no terceiro inverno parisiense, quando Lázaro quis comemorar seu aniversário. Ele mesmo ia preparar um almoço para os amigos franceses e argentinos: Gerardo ia gostar da batida de caju e Francine adorava mandioca frita.

Já sei disso, disse Bárbara. Gerardo adora caju e carambola, e Francine morre de desejo de mandioca. Eles deviam ler Arlt e ouvir Satie. Você mesma vive escutando a mesma música e nunca pôs um disco de Satie, disse Lázaro. Quando estou sozinha, ouço Satie, disse Bárbara, mas você só tem ouvidos para política e é capaz de falar sozinho sobre isso. Não aguento mais ouvir análises sobre correlação de forças e agora você ainda inventa esse almoço.

Não basta o noticiário da RFI? Já sei de cor o que Jean-Paul vai dizer antes de cair bêbado: Quero conhecer o Brasil, mas só depois da queda do governo militar. E você vai concordar: Claro, com os gorilas no poder, nunca, e Jérôme vai fazer um brinde com uma caipirinha: Pelo fim do gorilato, de todos os gorilatos, e Gerardo e Gabriela: *Eso es*, em dueto, com voz empastada. Sempre a mesma conversa, vocês não mudam o disco.

No dia do aniversário, Bárbara teve que ir cedo à redação da rádio. Não arrumou a mesa nem ajudou a preparar o almoço, deixou tudo para Lázaro: São teus companheiros, Laure é tua amigona, Francine só anda sozinha e é uma oferecida; e saiu batendo a porta. Um drama pueril ou uma mera comédia, ele pensou, ou um ciúme que cresceria e poderia incendiar.

Os amigos perguntaram por Bárbara, e Lázaro apenas mencionou a RFI. Ela apareceu ao anoitecer. Notou o jeito esquivo dos convidados e perguntou logo de cara: Vocês ainda estão falando de política? Tirou os sapatos, mal cumprimentou Francine e Laure, disse: *Ça va?* a Gerardo, Gabriela e Jérôme, foi menos fria com Fabiana e Marcelo, beijando-lhes o rosto e perguntando a todos: Pelo menos me esperaram pra cantar parabéns? Lázaro apontou para Jean-Paul, sozinho e de pernas abertas no canto da sala, o rosto com ar entorpecido e *blasé*. Mas Bárbara o ignorou. Só ela estava de pé, observando a bagunça de copos, garrafas, pratos e talheres, então Fabiana disse que só estavam esperando por Bárbara para cantar parabéns e pediu a Marcelo que acendesse as velas do bolo. Todos se levantaram, menos Jean-Paul. Bárbara viu Francine sorrir para Lázaro e se retirou para o quarto; apenas as vozes de Fabiana e Marcelo cantaram parabéns em português, e no fim palmas, abraços e tilintar de taças. Escondida atrás da porta, Bárbara viu o beijo furtivo de Francine na boca de Lázaro e pensou que não podia ser um beijo de amizade, como o beijo de Laure, seco e breve, no rosto do aniversariante. Estão tramando contra mim, ela pensou, espiando os convidados irem embora. Gerardo e Jérôme arrastaram Jean-Paul até a porta, alguém perguntou a Lázaro: Tu me telefonas?, mas Bárbara não sabia se era a voz de Francine ou a de Laure. E agora o silêncio, a noite fria, a louça suja no chão da sala. Lázaro pensou: melancolia, inverno e ciúme, e pressentiu o tremor de algum desastre; esperou-a sair do quarto e convidou-a para dar uma volta até a Bastilha ou as livrarias de Saint-Germain. Ou então um conhaque em Montparnasse. Ela ignorou o convite, tomou mais um gole de rum e confessou: queria voltar para o Brasil.

Ninguém pensa em voltar, disse Lázaro, o tempo por lá ainda está fechado.

Muitos já estão voltando, justificou Bárbara. Soube disso hoje na RFI. Não quis falar na presença dos teus amigos, porque os argentinos não podem voltar tão cedo.

É um risco. Quem sabe se daqui a seis meses. Isso vai depender...

Mas eu sinto que você está louco para voltar e não quer me dizer, ou não tem coragem de falar, interrompeu Bárbara.

Ele engatinhou para perto dela, desviando-se de copos e pratos e garrafas, parou diante de uma bolsa e disse que alguém a esquecera ali. Talvez Francine.

Estava bêbada, como sempre, observou Bárbara, reconhecendo a dona da bolsa. Bêbada e insolente com aqueles olhos de gata.

Lázaro riu e tornou a engatinhar e ela acrescentou: E com um jeito de piranha quando olha para um homem, qualquer homem.

Nós estávamos falando do Brasil, de repente apareceu essa bolsa e você ficou irritada, disse Lázaro, esticando a língua e tentando lamber as coxas de Bárbara. Você não vai colocar o disco? A música...

Você também está de porre, ela acusou, desviando as pernas. Olhou séria para Lázaro e perguntou várias vezes o que havia entre ele e Francine, e durante o interrogatório esvaziou a bolsa, espalhando objetos no assoalho: uma agenda, uma caneta, um batom vermelho, até encontrar a prova ou o que ela julgava ser uma prova: um cartão-postal do Rio, sem palavras. Rasgou-o devagar, com vontade, olhando para Lázaro, tentando arrancar uma confissão, e ele permaneceu de quatro, assustado, vendo os pedaços do cartão-postal caírem na sua frente, escutando a voz agora ultrajada dizer: Amanhã você devolve a bolsa e me conta essa história.

Saiu do apartamento e só voltou bem mais tarde. Encontrou-o dormindo no assoalho, olhou-o com remorso, mas ainda sentia ódio. Se ele me contar, se ao menos revelar o nome da mulher, Bárbara murmurou, e trancou-se no quarto.

No dia seguinte ele devolveu a bolsa e passou a viver como se Bárbara não existisse, indo de manhã às reuniões do comitê de exilados, lecionando português a executivos franceses que iam morar no Brasil, vez ou outra assistindo a um Godard ou a um Fritz Lang no Action Christine ou no Denfert. Adiava a volta para casa, temendo encontrar Bárbara, temendo mais um daqueles bate-bocas escandalosos que já impacientavam os vizinhos. Às vezes, quando ele entrava no apartamento, apagava a luz da sala e deitava-se na esteira. Cochilava, acordava e, ao ver o filete de luz sob a porta do quarto, pensava: ela passa a noite em vigília, quer ver se eu saio de madrugada; mais tarde ele via ou julgava ver a porta entreaberta e o olho na fresta.

Uma noite dormiu como uma pedra, depois da bebedeira com amigos num bistrô de Aubervilliers. Parecia a primeira noite serena após semanas de aflição. De madrugada um assobio de vento frio e o barulho na avenida o incomodaram; Lázaro levantou, fechou a janela da sala e voltou à esteira cambaleando de tanto sono; deitou-se de bruços; sentiu falta do cobertor, e logo teve um arrepio ao ver a sombra da mulher, nua, ao lado dele.

Que foi, o que você quer?, ele perguntou, com medo.

Bárbara acendeu o abajur e passou a injuriar o namorado, a maldizer a vida dos dois, e a jurar vingança. Num momento de fraqueza ela o olhou com ternura e começou a chorar.

Olha o que você fez com a nossa história, lamentou Bárbara.

Ele disse que ela estava enlouquecendo: o ciúme que sentia de Francine era uma invenção para confundi-lo e exasperá-lo. Ou então era um pretexto para voltar ao Brasil, e ele não podia... Bárbara se curvou para beijar sua boca, e ele não pôde disfarçar a frieza dos gestos quando ela tentou abraçá-lo com um desespero de náufrago. Então ela o puxou pelos cabelos como se pedisse uma última noite de amor, e ele não reagiu e começou a dizer com uma voz medrosa: Nossa história foi..., e o estalo da bofetada calou-o e logo o chute no abajur e um choro convulsivo que esmaeceu quando ela se fechou no quarto.

Numa madrugada de fevereiro ela não o encontrou na

sala. Viu a esteira enrolada no mesmo lugar em que a tinha visto de manhã. Devia estar bebendo no La Chapelle ou na praça Clichy. Não foi atrás dele, não queria arriscar um desencontro. Esperou-o atrás da porta, encostada à parede, o corpo inerte como o de uma sentinela, aliviada por não ter que pensar em mais nada. Quando amanheceu, ela ainda estava de pé, o cabo da faca na mão fechada. A porta não foi aberta. Ela passou uma semana à espera de Lázaro, acordando de madrugada, intuindo que ele estava prestes a voltar, pensando: quando Francine conhecer as manias dele, vai desistir; se for a Laure, pior ainda, ele é um parasita em casa, não move uma palha e Laure não ia admitir; as duas se afastaram de mim e pode ser uma delas, mas Francine é mais sedutora, aqueles olhos não me enganam... E, durante a noite, ela ficava no mesmo lugar onde ele dormira, sentia o cheiro dele na esteira de palha, ouvia a música cuja letra Lázaro dizia que fora escrita para outros amantes, não para eles, e depois os dois riam, ela no colo dele antes de deitarem ali mesmo na sala.

Mas isso acontecera nos dois primeiros anos. Bárbara não tinha amigos, e sua vida era a RFI e Lázaro, os mesmos passeios com ele, e a recusa em participar de reuniões clandestinas até o dia em que ele convidou uns amigos para almoçar e conversar sobre o exílio, e foi então que ela conheceu Francine e Laure, e ficou tentando descobrir qual delas se interessava por Lázaro, enquanto a bebida e o haxixe os envolviam num ambiente de lascívia e queixume que Bárbara detestava. Aos poucos, percebeu o perigo de olhares furtivos, a conversa em segredo de Lázaro com Francine, que tomava caipirinha como se tivesse sede. Ela tentava proibir esses encontros, mas Lázaro argumentava que eles apenas debatiam sobre política, atualizavam as notícias, desabafavam. Vocês podem desabafar em toda a Paris, mas não na nossa casa, ela dizia. Discutiram, e então ela passou a evitar esses encontros aos sábados, às vezes chegava bem depois do almoço, a sala empestada de fumaça, o morador do andar de cima ainda reclamando do barulho de vozes, mas só quando Bárbara abria a porta é que as gargalhadas cessavam e um silêncio mórbido ensombrava os rostos.

Agora chegava atrasada à redação da RFI, e as notícias sobre o Brasil e os exilados e os militares a exasperavam. Começou a faltar às reuniões de pauta, não falava com mais ninguém na redação, e foi advertida. Entrava nas livrarias que ele frequentava, nos cafés dos exilados, e uma noite, perto da Bastilha, julgou tê-lo visto na calçada, gritou o nome dele, viu Lázaro correr e entrar num restaurante. Ela o seguiu, perguntou por ele, um garçom lhe disse: Não sei de nada, não o conheço, e ela o chamou de mentiroso, *détraqué*, ignóbil. Um policial expulsou-a e ameaçou prendê-la. Ela chorou. Nessa época — uns sete meses depois do sumiço de Lázaro —, ela recebeu um cartão-postal de Marselha: Lázaro perguntava se ela estava bem, não queria magoá-la. Ia passar um mês viajando pelo sul da França, sozinho, para esquecer. Antes do inverno voltaria a Paris.

Bárbara guardou o cartão-postal na bolsa, arrumou o apartamento, passou a chegar cedo na RFI e era a última a ir embora. Agora o rosto moreno e maquiado ria para os colegas da redação, ria sem falar com eles e era um riso nervoso, uma alegria vingativa. Dizia nos corredores que *ele* ia voltar: mais duas ou três semanas e estariam juntos de novo no apartamento da Général Leclerc. Ele, quem?, perguntavam-lhe, e ela tornava a rir, sem atinar que nunca havia mencionado o nome de Lázaro. No quiosque à margem do Sena comprou para ele um exemplar da quinta edição d'*O Conde de Monte Cristo*, jogou no lixo a esteira de palha com o cheiro de noites amargas, enquanto o frio do outono só aumentava o desejo. Fui egoísta e precipitada, pensou, escutando a música que não era para os dois. Voltar agora para o Brasil pode ser um inferno, e talvez ele tenha razão: melhor no ano que vem, o pior já terá passado. O céu quase sem nuvens cobria Paris, e ela se alegrou ao ver as árvores floridas iluminadas pelo sol ralo; depois foi passear pelo Parc des Buttes-Chaumont, ficou deitada sob o gigantesco plátano-do-oriente, onde passara uma tarde do primeiro verão parisiense com Lázaro, e a qualquer momento o trem de Marselha o traria de volta.

Num domingo, último dia do outono, ela foi à Gare de Lyon, avistou-o de longe e perdeu-o de vista. Rondou pela estação, estabanada, culpada e odiando a si mesma, e depois foi de táxi ao apartamento da Général Leclerc e se lembrou de que havia trocado a fechadura da porta. Passou a noite em claro, esperando um telefonema, e amanheceu morta de culpa, conjeturando o que ele pensara do lado de fora. Depois pensou que ele poderia ter esperado ou deixado um bilhete, e na redação da RFI consultou uma colega argentina sobre essa possibilidade.

Talvez, disse a jornalista, e acrescentou: Há novidades do teu país.

Bárbara leu sem pressa o noticiário das agências; na lista de anistiados o nome de Lázaro apareceu no fim, com o sobrenome que ela também usava. Releu a lista e reconheceu alguns amigos do namorado e escutou a voz da jornalista argentina: Boas notícias do Brasil, não? Não respondeu e naquele dia saiu mais cedo da RFI. Sorriu ao encontrar a cópia da chave do apartamento de Copacabana, pôs o disco e a roupa numa sacola de pano; ia levar alguns livros de Lázaro, mas desistiu, e só na última hora colocou na sacola o livro de Dumas. Talvez ele esteja me esperando, talvez ele me telefone quando eu já estiver no aeroporto ou voando, pensou, rasgando o cartão-postal de Marselha, acossada por um ciúme cego que só aumentava, mas sem ainda ter certeza do ultraje. Em algum momento do voo noturno foi possuída por uma esperança que logo se dissipou, e a ideia de que Lázaro não estivesse no Rio se tornou um pesadelo até o amanhecer. O coração disparou com a vista da baía de Guanabara, e o tempo de ausência parecia longo demais, irreal. A cidade estava estranhamente calma nessa manhã. Não ia visitar sua mãe em Laranjeiras, preferia evitar perguntas e acusações, porque a mãe detestava Lázaro, ateu e malvestido. Bárbara não ia aguentar a ladainha. Pensou em deixar um bilhete: Mãe, cheguei hoje cedo. Amanhã passo em casa para almoçar. Beijos. E reescreveu o texto três vezes e o último rascunho: Querida mãe, faz tanto tempo, ela rasgou com aflição e sentiu um ardor nos olhos e começou a soluçar. Caminhou por Copacabana, parou para comer no bar do primeiro encontro com Lázaro, e passeou na beira da praia até o Forte, murmurando o nome de cada rua, reconhecendo um e outro boteco e restaurante. No caminho de volta foi abatida por uma tristeza atroz: não se lembrava de nenhum amigo. Depois pensou: desconheço a amizade. No fim da tarde, cansada, mas sem ânsia, confiou na intuição: entrou no edifício, subiu ao sétimo andar e no apartamento notou a mudança de móveis, mas não vasculhou o ambiente. Parecia estar surpresa com seus próprios gestos, medidos e calculados: ligar o aparelho de som, pôr o disco com a música que não tardaria a tocar, esperar furtivamente na varanda e escutar o barulho da chave na porta e a voz de Lázaro: Que reunião chata, as mesmas palavras de ordem. Parece que não mudou nada. E logo uma voz feminina: Vamos ao jantar em Santa Teresa? Viu o corpo de Lázaro parado na sala, e escutou o grito: Cláudia, quem pôs esse disco? Você... nós deixamos o som ligado?, o corpo entrando no quarto e reaparecendo no meio da sala, "pra sujar teu nome, te humilhar", Eu?, disse Cláudia, claro que não. Nunca ia colocar esse disco, não era a música do tempo em que você e Bárbara... Vocês dois... De tocaia na varanda Bárbara reconheceu Fabiana: a que parecia apaixonada por Marcelo, a sonsa que usava um codinome, e eu desconfiando de Francine. Então durou sete ou oito segundos: Lázaro escutou o choro ou a risada diabólica antes de ver o rosto de Bárbara, e entendeu que era o fim. Ainda teve tempo de correr, mas não de agarrá-la e evitar o salto. Ele ficou debruçado na varanda, de olhos fechados, e, quando virou a cabeça para a sala, encontrou um rosto sem cor num corpo paralisado. Ele e Cláudia ficaram assim por algum tempo, os dois imobilizados pelo pânico ou culpa, a voz de Chico Buarque cantando baixinho: "E me vingar a qualquer preço"...

A ninfa do teatro Amazonas

Ela parecia um vulto perdido nesse mundo invadido pela água. Ainda não sabemos seu nome, e sua moradia é incerta; uns dizem que a mulher se esconde num buraco, lá na Colina; outros a viram perambular nos becos do bairro do Céu, e sabe Deus se é filha da cidade ou do mato. Dizem também que tentou entrar na Santa Casa, mas foi enxotada pelo porteiro do hospital. A chuva atingiu-a em plena praça São Sebastião. A porta da igreja estava fechada, a praça deserta, os sobrados silenciosos. Ao errar nas cercanias do nosso majestoso teatro, a mulher sentiu contrações no ventre. Os olhos talvez tenham procurado alguém para acudi-la, mas não havia alma viva na praça. Preferiu então rastejar até alcançar o pórtico do teatro Amazonas; empurrou com esforço a porta de madeira maciça e entrou.

O interior estava deserto; de vez em quando um lampejo riscava o vidro das janelas e um estrondo vinha do céu como uma ameaça. Ainda rastejando, a mulher imergiu num espaço sombrio, onde nada — salvo seu corpo umedecido e seus cabelos molhados — lembrava a chuvarada lá fora.

Sem se aperceber, ela penetrara na sala de espetáculos; uma passarela em declive conduziu-a para perto do palco. Deitada no veludo vermelho, entre duas filas de cadeiras, ela esperou o instante propício para dar à luz.

Uma trovoada violou o silêncio da sala e fez vibrar o lustre de cristal pendurado na cúpula. O abalo alcançou um pequeno aposento no último andar. Ali, estirado numa rede, um homem que se diz vigia do teatro se distraía do mundo. Seu Álvaro Celestino de Matos — oitenta e sete anos, olhar taciturno e sotaque de imigrante nortenho — acordou com um sobressalto e ouviu um som estranho; pensou que estava sonhando com a voz de uma cantora numa das noites de sua infância remota. Por algum tempo ele continuou vagando num espaço movediço em que se misturam o sono e o sonho, sem saber se o rumor vinha da chuva de ontem ou de uma célebre quinta-feira de 1919. Nesse dia — ele recorda sem esforço — o menino havia encerado o assoalho do palco onde pisariam os pés preciosos da soprano Angiolina Zanuchi.

Desde então, pouca coisa tinha mudado na decoração do seu modesto aposento: colada na parede, ao lado da janela, destacava-se a fotografia da cantora desembarcando do *Queen Elizabeth*. Ele admirava a foto e depois via através da janela o campanário da torre solitária, o sino que soava com a mesma pontualidade das chuvas até o anoitecer, quando o perfil da igreja se esvaía e no centro da janela surgia o círculo lunar. Havia mais de sessenta anos seu Álvaro adormecia com a visão da imagem da soprano e a do perfil da igreja; ao despertar, seu primeiro gesto era acender o candeeiro, que aclarava o rosto de Angiolina.

Ontem, quando seu Álvaro abriu os olhos, a janela parecia um aquário de águas pardas e o contorno do rosto da cantora tinha sumido da fotografia; apenas o costado do navio emergia da atmosfera sombria do aposento. Nessa noite precoce, o som que o vigia escutava não mais pertencia ao sonho ou ao sono. Ele não sabia afirmar se era uma voz, um canto ou os acordes de um piano; parecia vir de longe, mas provavelmente do interior do teatro.

Para um homem que beira os noventa anos, a distância entre o último andar e o térreo é quase abissal. Isso não o desanimou. Decidiu descer munido de sua Winchester, que em outros tempos intimidara tantos homens e abatera tantos animais; agora a arma servia de bengala ao corpo encurvado.

A descida foi lenta e penosa; mas não foi a fadiga que lhe sacudiu o corpo quando ele pisou no tapete do térreo. Seu Álvaro percebeu que essa súbita convulsão independia de sua idade e intuiu que algo fatídico aconteceria na manhã chuvosa. A porta da entrada, entreaberta, era um sinal de invasão? Lá fora, um dos barcos de bronze flutuava no centro da praça e as asas de um anjo submerso pareciam uma âncora solta no espaço. O vigia empurrou a porta com o cano da arma; depois notou no piso uma mancha vermelha que desaparecia na sala de espetáculos. Evitou esse caminho contornando a sala por um dos corredores laterais: uma sinuosa parede de portas que dão acesso às frisas. Pensou em entrar no sétimo camarote e já girava a maçaneta quando escutou novamente o som, agora mais estranho, mais ameaçador. Então decidiu esperar alguns segundos e essa espera hesitante — preocupação dos seres idosos? — foi um sinal para que mudasse de ideia. Ele recuou e algo inusitado o conduziu aos bastidores. Ali encontrou um refúgio: o palco e o pano de boca o separavam da sala de espetáculo.

Cauteloso, mas não aterrorizado — o seu passado, a sua profissão ou talvez a arma o tranquilizassem —, ele tateou a parede mais próxima e encontrou, entre teias de aranha, uma alavanca de madeira; com um gesto brusco empurrou-a para baixo. Um filete de luz brotou de um orifício na tela, o pano de boca se iluminou. O vigia pôde imaginar as cores e as formas da imensa pintura da cortina: garças e jaburus no meio de flores aquáticas e açucenas-brancas, uma naia deitada numa concha flutuando entre as águas do Negro e do Amazonas. Seu Álvaro aproximou o olho direito do orifício e percebeu que o anel de luz coincidia com o umbigo da naia. Com o corpo apoiado na arma, seu olho esquadrinhou a sala de espetáculos, tentando encontrar a fonte do ruído que o despertara. Sentiu um desânimo ao notar a sala deserta, cadeiras e camarotes vazios. Então o olho arregalado viu uma sombra, a forma de um corpo sentado perto do palco. Pela primeira vez o vigia teve um pouco de medo. Pôs os óculos a fim de enxergar com nitidez a sala; ali estavam seus velhos conhecidos: o busto de Carlos Gomes, de Racine e Molière; e, numa cadeira da primeira fila, o corpo molhado de uma mulher morena.

O vigia se afastou da cortina, imaginou mais uma vez a pintura da tela iluminada: a naia quase nua deitada na concha, o corpo branco e opulento contornado pela luz. Depois acariciou com a mão direita o ventre da naia e, ao sentir na pele a aspereza da tela, entendeu que se tratava realmente de uma pintura. Ele tornou a ajustar a lente no orifício do pano de boca: a mulher havia cruzado as pernas e seus cabelos cobriam-lhe os seios. A distância não lhe permitiu captar a expressão do rosto dela; os olhos talvez fossem graúdos, um pouco repuxados. Não deve ter mais de vinte anos, pensou, enquanto a mulher se recostava na cadeira, segurando nas mãos uma criança. Ela abraçava o bebê e, quando abriu a boca, ele esperou ouvir uma voz ou uma canção, mas era apenas um bocejo; em seguida a mulher lambeu o rosto da criança e ele viu a língua e os lábios dela iluminados pelo lustre. Como num sonho, a sala tornou-se opaca; então o vigia fechou os olhos e com impaciência golpeou várias vezes o assoalho com o cabo da arma. Ouviu o eco das pancadas e se assustou; depois deu uma gargalhada e escutou o eco de sua alegria ou loucura. Rindo, gargalhando, só sentiu falta da arma quando perdeu o equilíbrio e caiu ajoelhado. Na penumbra foi arrastado por dois homens de branco até o centro do palco, onde o cenário de uma peça permanecia intacto: um pequeno aposento de madeira com uma única janela, a torre de igreja e um campanário; num céu de papel de alumínio brilhava uma lua de papelão, solta no ar. Um dos enfermeiros acendeu a luz e impediu seu Álvaro de deitar no cenário abandonado. Ele ofegava e não tirava os olhos de uma cadeira perto do palco. Já era noite quando chegaram ao hospício de Flores. Nosso repórter encontrou-o deitado num colchão de palha; as mãos dele tremiam e no rosto enrugado havia um sorriso enigmático. Com uma voz rouca e grave ele contou o que tinha acontecido ontem de manhã no teatro Amazonas.

 O psiquiatra de plantão, dr. S. L., afirmou que o relato do sr. Álvaro é a versão de um homem que há algum tempo vem sendo tragado pelo pântano da senilidade. Antes de ser internado, sua vida errante acompanhava o curso das estações: no verão amanhecia num dos barcos de bronze do monumento da praça São Sebastião e ali passava horas contemplando a estátua de uma mulher. Na época das chuvas refugiava-se no cenário abandonado no palco do teatro, onde fora encontrado várias vezes, ora cantando, ora olhando para uma cadeira da sala de espetáculos.

Num dos bolsos desse ex-pescador e vigia, o médico encontrou uma fotografia antiga em que se vê um menino de mãos dadas com uma mulher. Um corpo robusto moldado por uma saia justa, dois braços roliços, a mão esquerda segurando um leque, tudo isso é visível na fotografia. Mas a parte superior do papel, borrada e puída, tornara o rosto da mulher irreconhecível. Seria ela Angiolina, a suposta paixão do pescador quando adolescente? Os nossos arquivos confirmam a passagem da cantora por Manaus, cujo público caloroso, numa noite de dezembro de 1919, aclamou a "divina soprano milanesa".

Outra hipótese lembrada pelo dr. S. L. associa a mulher da foto a uma pianista amazonense que deu vários recitais quando seu Álvaro ainda era vigia do teatro. A pianista — quem não se lembra — morreu afogada não muito longe do encontro das águas. Mas o seu último recital, *Sonata de um crepúsculo em lá menor*, permanece na memória de todos; talvez com mais intensidade na memória do menino, hoje ancião.

Ainda não podemos diagnosticar o estado psíquico do sr. Álvaro. Será ele um mero mitômano? Um simples sonílocuo? Teria sido vítima de uma crise de *delirium tremens*? O que ele viu, ou disse ter visto, seriam miragens de um lunático?

A natureza ri da cultura

Para Benedito Nunes

Ainda me lembro da voz de Emilie, a matriarca. Na minha infância, eu a escutava cantar e rezar, não em árabe, sua língua materna, mas em francês, sua língua adotada. Às vezes essa voz era abafada por outra, mais incisiva: a do meu avô, que evocava episódios de um Líbano cada vez mais distante. Mas a voz de Emilie — os sons mais que o sentido — era mais íntima. Nas noites da infância órfã, eu repetia mentalmente uma palavra ou um pedaço de frase, encantada com a reza e o canto, entregue a uma aprendizagem litúrgica, a um culto de que só nós duas participávamos.

Não era apenas a voz de Emilie que contrariava o patriarca da casa. Ela, Emilie, tinha uns amigos que meu avô considerava esnobes e altivos. Quando esses amigos se reuniam em casa para jogar gamão ou conversar e fumar narguilé sob a parreira do pátio, meu avô ficava calado, e seu olhar dizia que as visitas eram inconvenientes. Mas o velho não se importava quando Emilie citava com frequência dois amigos esquisitos e esquivos. Um deles era Armand Verne: "um homem muito imaginoso, com trejeitos de dândi e que já morou em Lisboa, Luanda e Macau antes de chegar a Manaus".

Armand Verne falava vários idiomas e era um estudioso de línguas indígenas. Em Manaus, empenhava-se em realizar um curioso trabalho filantrópico: insuflar (discretamente) os índios contra os padres e patrões e promover a cultura indígena. Para tanto, fundou a Sociedade Montesquieu do Amazonas, cujo lema era "educar para libertar".

Felix Delatour, o outro amigo de Emilie, era um bretão circunspeto, quase albino, que sofria de uma enfermidade rara: o gigantismo. Lecionava francês e, ao contrário de Verne, nunca fundou uma sociedade filantrópica ou algo semelhante. Os amigos esnobes de Emilie não me interessavam, mas Felix Delatour e Armand Verne aguçaram minha curiosidade.

Quando ela soube que queria estudar francês, disse que eu devia visitar monsieur Delatour já no dia seguinte: era o francês mais excêntrico do Amazonas.

No primeiro encontro, numa manhã de julho de 1959, ele foi lacônico. A jovem magra e tímida vê a estátua de uma Diana no meio de um jardim, atravessa um pequeno pátio e bate na porta de madeira. Na porta entreaberta, só pude ver a metade de um rosto de cera; parecia que o homem curvava a cabeça e o corpo. Com voz hesitante, murmurei: Minha avó Emilie me disse que o senhor ensina francês.

Ele me observou por um momento, então ouvi uma voz áspera: Faz tempo que não leciono, mas podes entrar.

Quando Delatour abriu a porta, logo notei sua estatura de gigante. Tudo ao meu redor encolheu. Na sala escura, a mobília era um amontoado de sombras. Não sei por quê, ele sempre evitou frequentar esse lugar da casa; na verdade, só conheci o andar superior: um quarto amplo e avarandado, de onde se via um horizonte de águas escuras. No centro do quarto, uma mesa de madeira e duas cadeiras de vime; quatro livros abertos e quatro lápis vermelhos estavam alinhados sobre a mesa. Um mapa-múndi, fixado na parede branca, hoje ressurge na minha memória como uma câmera de luz intensa.

Nos meses seguintes, Delatour pouco falou sobre a língua francesa; quando eu lhe pedia uma explicação gramatical, ele desviava a conversa, enfadado. Soube que deixara a Bretanha havia muitos anos; seu desejo era partir em busca do desconhecido. Para ele, viajar era uma forma de viver em tempos distintos. Um dia lhe perguntei se conhecia o dialeto bretão ou uma das tantas línguas indígenas do Amazonas. Vi seu rosto branco ruborizar: um rosto sem rugas, imberbe, os olhos azulados pareciam expressar dúvida ou indagação; de repente se levantou, foi até a varanda e, de costas para o rio, disse:

Emilie me confundiu com Armand Verne. Ele, sim, é um linguista aplicado e tutor dos nativos. Verne pensa que pode promover a cultura indígena elaborando cartilhas bilíngues. É um equívoco: não se pode dominar totalmente um idioma estrangeiro, porque ninguém pode ser totalmente outro. Um deslize no sotaque ou na entonação já marca uma distância entre os idiomas, e essa distância é fundamental para manter o mistério da língua nativa.

Na voz de Delatour, um forte sotaque reiterava sua afirmação. Venci a timidez e fiz outras perguntas: por que tinha vindo ao Amazonas? Por que morar em Manaus, esta cidade ilhada, talvez perdida?

Ele olhou para o mapa-múndi, apontou uma região da França:

Ali passei minha infância.

Onde?

No Finistère, num vilarejo ilhado e talvez perdido. Certa vez, um viajante bretão que andou pela Amazônia me deu de presente o mapa dessa região. E os mapas, como tu sabes, fascinam as crianças, são desenhos misteriosos que as convidam a fazer viagens imaginárias. Os périplos da minha infância, irreais como os sonhos, começaram nos limites do quarto fechado, à espera do sono, não longe do mar e das falésias abruptas da Bretanha.

Por algum tempo não tocamos no assunto. Às vezes, nada dizíamos; no quarto branco, iluminado pelo sol, escutávamos o barulho de um barco, monótono, como uma paisagem repetida. Enquanto eu pensava em alguma pergunta ou dúvida, Delatour lia um livro e fazia anotações com um lápis vermelho. Os gritos, a zoada do Mercado Municipal, a quentura do clima, nada o incomodava. Era um leitor que parecia dialogar com o texto, e isso, para mim, era uma novidade, uma descoberta.

Uma manhã, alguém bateu à porta. Delatour desceu para ver quem era, e depois escutei a voz de uma mulher. Passei a folhear um dos livros abertos. A voz feminina me deixou curiosa e, quando Delatour voltou ao quarto, disse que a índia Leonila não era uma visita qualquer. Ela pedia para entrar, observava os livros da biblioteca, cochilava na rede do quintal e ia embora sem aviso. Andava descalça, vestia sempre a mesma roupa, podia ser confundida com um mendigo. Mas é uma mulher que conhece a história de sua tribo, continuou Delatour, olhando para mim como nunca olhara antes. Um dia, sem que eu lhe pedisse, Leonila começou a falar sobre a história, a violência, os mitos. Armand Verne também aprendeu muito com ela, mas insiste em querer falar por ela.

Alguma coisa havia entre Felix Delatour e Armand Verne, mas eu não quis abelhudar. Emilie nada me contou a esse respeito, apenas disse: Verne viaja no espaço, e Delatour, no tempo.

Na manhã da visita de Leonila, ele notou que eu folheava um livro, e então passou a ler em voz alta poemas de Rimbaud. Depois me pedia que os recitasse sem imitar seu sotaque.

Não consigo entender muita coisa.

Por enquanto, isso é o de menos, sorriu Delatour. O que importa, agora, é encontrar outra voz de Rimbaud ou apenas captar o ritmo e a melodia de cada verso.

Andou até a varanda, o rosto voltado para o horizonte.

À primeira vista, a floresta parece uma linha escura além do rio Negro, disse ele. Não se consegue distinguir muita coisa. Mas no interior de tanta escuridão há um mundo em movimento, milhões de seres vivos, expostos à luz e à sombra. A natureza é o que há de mais misterioso.

Delatour citou como exemplo o mapa da Amazônia que o encantara na infância. Para ele, a floresta era um mundo quase inverossímil, e por isso mesmo fascinante. Chegou a construir uma floresta em miniatura, estriada por uma teia de rios cujos nomes de origem indígena ele pronunciava como um bárbaro.

A imaginação se nutre de coisas distantes no espaço e no tempo, mas a linguagem encontra-se no tempo, afirmou, como se falasse para si mesmo.

Ele fez esse comentário poucos meses antes de eu partir de Manaus. Quando soube que eu queria morar em São Paulo, disse coisas que nunca esqueci: A viagem, além de tornar o ser humano mais silencioso, depura o olhar.

Depois acrescentou que não se referia a uma vida de aventuras, como a do viajante seduzido por um mistério. Disse: O que mais me interessa é a aventura do conhecimento.

Na véspera do meu embarque para Santos, ele me deu uma plaqueta em cuja capa se lê *Voyage sans fin.**

Comecei a escrever esse texto no Finistère e terminei aqui em Manaus, disse Delatour. Quase vinte anos para escrever isso, uma página por ano, poucas palavras por dia.

Não escondia uma expressão de desânimo, talvez fadiga. Ele se curvou para me dar um abraço, e desapareceu entre os livros.

Na madrugada do dia seguinte, Emilie e meu avô me acompanharam até o Manaus Harbour, onde eu ia embarcar num navio da Booth Line. Perguntei a Emilie se Armand Verne realmente acreditava no trabalho da Sociedade Montesquieu do Amazonas. Emilie não respondeu, mas meu avô disse que Verne era um viajante incansável, um andarilho que colecionava lendas e mitos da Amazônia. Um homem que se apropriava da cultura dos nativos, com a esperança de salvá-los.

Escutamos o apito grave e breve da sirene do *Cyril*, e observamos a bordo o vaivém dos estivadores e marinheiros. As gruas do cais flutuante estavam iluminadas. Luar não havia, nem vento. Talvez um leve sopro, úmido, vindo do fim da noite.

A bordo do *Cyril*, e já próximo de Recife, comecei a ler

---

* Manaus: Editora Palais Royal, sem data.

a plaqueta de Delatour. Naquela época me pareceu um texto enigmático, mas a leitora de 1959 não é a leitora desta noite. Hoje, depois de relê-lo tantas vezes, soa como um manifesto poético de um narrador-personagem que abandona um país europeu para morar numa região equatorial. Com o passar do tempo, o personagem percebe, apreensivo, que o estigma de ser estrangeiro já é menos visível: algo no seu comportamento ou na sua voz se turvou, perdeu um pouco do relevo original. Nesse momento, as origens do estrangeiro sofrem um abalo. A viagem permite a convivência com o outro, e aí reside a confusão, fusão de origens, perda de alguma coisa, surgimento de outro olhar. Viajar, pergunta o personagem de Delatour, não é entregar-se ao ritual (ainda que simbólico) do canibalismo? Todo viajante, mesmo o mais esclarecido, corre o risco de julgar o outro. Consciente ou não, intencional ou superficial, tal julgamento quase sempre deforma o rosto alheio, e esse rosto deformado espelha os horrores do estrangeiro. Nesse convívio com o estranho, o narrador privilegia o olhar: o desejo de possuir e ser possuído, a entrega e a rejeição, o temor de se perder no outro.

De onde parte o personagem-viajante de Delatour? De Cancale, na Bretanha, "um porto tão estranho que ninguém ou quase ninguém é capaz de deixá-lo". Em Cancale começa a travessia oceânica, uma travessia tempestuosa que termina num porto também estranho do hemisfério sul: um lugar sem nome, ilhado, habitado por pessoas que parecem resignadas ao confinamento e à clausura.

Na passagem mais enigmática do texto, o narrador, ao evocar esse porto, acaba inventando uma linguagem. O ritmo da frase altera-se bruscamente e a voz do personagem se torna um disparate gramatical e uma confusão de neologismos e perplexidades. Lembra a voz de um louco vociferando em várias línguas.* São apenas doze linhas que destoam do relato, como uma breve festa de sons, ou uma explosão numa noite serena. Por causa desse trecho, nunca traduzi *Viagem sem fim*.

Mais de dez anos se passaram entre o encontro com Delatour e o meu regresso a Manaus. Eu o procurei por toda a cidade, em vão. Emilie, com uma voz fraca que parecia um sopro, disse que em janeiro de 1971 ele subiu o rio Negro até a fronteira com a Colômbia. Nunca mais soube dele.

No consulado da França em Manaus não consegui nenhuma pista sobre o destino de Delatour. De manhã cedo fui visitar o sobrado em que ele morava, numa das ruas que desembocam no rio Negro. Uma casa em ruínas: raízes de um apuizeiro estrangulam a estátua da Diana e ameaçam derrubar uma parede que foi branca. Crianças imundas e miseráveis cheiram cola; uma delas, com um pedaço de carvão, garatuja o muro que cerca o jardim; outras, deitadas no pátio, acariciam um cão magro, de pelagem escura. Um cheiro de podridão e excremento emana da sala, o espaço da biblioteca. Na parede externa, li uma frase curiosa escrita a cal: "A natureza ri da cultura".

Antes de me afastar do sobrado, a criança que rabiscava o muro se volta para mim. Calada, imóvel, com o pedaço de carvão na mão direita, a criança me olha com estranheza.

---

* Nessa passagem do texto de Delatour, a linguista Odette Lescure encontrou referências dialetais usadas por índios e caboclos do Amazonas. Na verdade, são "traduções" de palavras e expressões das línguas nheengatu, tukano e baniwa faladas na região do Alto Rio Negro.

Encontros na península

O ano é 1980: agosto, muito calor em Barcelona. E pencas de turistas barulhentos, como hordas de bárbaros vindos do Norte. Eu procurava um emprego naquele verão de jejuns forçados; ganhar pesetas com traduções era difícil, mas qualquer serviço seria bem-vindo: balconista de uma mercearia de Gracia, garçom no bairro Gótico ou nas tascas do velho porto mediterrâneo. Então o acaso saiu da sombra e o telefone tocou. Uma mulher havia lido um cartaz no Centro de Estudos Brasileiros: ensina-se português do Brasil. Victoria Soller queria aprender português. Fui vê-la no endereço que me deu: um apartamento num palacete modernista, travessa da avenida Diagonal.

Uma mocinha morena, alta e magra abriu a porta: Fique à vontade. O que deseja beber?

Água, respondi timidamente.

A sra. Soller já vem.

Na sala observei quadros de Miró e Antoni Tàpies e uma gravura do século XIX com a figura de Tirant lo Blanc no palco de uma batalha. Uma sala catalã. Daí a poucos minutos a sra. Soller apareceu: da minha altura, só um pouco mais magra que as mulheres de Monet. E mais bonita que as figuras femininas dos pintores impressionistas. Victoria quis saber quem era eu, e de onde era. Um estudante brasileiro, eu disse. Um ex-bolsista de um instituto de Madri. E acrescentei: Um escritor brasileiro inédito, à procura de um emprego.

Já tens um emprego, ela disse. E só porque és brasileiro.

A pátria me salvou neste verão, pensei. Picado de curiosidade, perguntei por que ela queria aprender o português falado no Brasil.

Não quero falar, ela disse com firmeza. Quero ler Machado de Assis.

Corrigi o que havia pensado: o sentimento íntimo do país me salvou a tempo.

E, para impressionar minha futura aluna, eu disse em catalão: *Molt bé*. E por que a senhora quer ler Machado?

Sente-se, disse Victoria. Não é preciso me tratar por senhora. Quero que me indiques algumas obras de Machado. Os contos e romances que mais te impressionaram.

Victoria já havia adquirido as obras completas do Bruxo e os dicionários Caldas Aulete e Morais. Agora queria uma base gramatical e uma ajuda para traduzir certas expressões. Sugeri a minha aluna a leitura de dois romances e dezoito contos de Machado. Quantas horas de aula por semana?

Duas tardes inteiras, respondeu.

Como Victoria pagava bem. Uma catalã de mão aberta. E que leitora. Durante o verão ela leu com zelo de tradutora doze dos dezoito contos indicados; no começo de setembro, fez uma pausa na leitura dos contos e duas semanas depois terminou as *Memórias póstumas de Brás Cubas*. Eu tentava tirar dúvidas de gramática e sintaxe, e também históricas: algumas datas importantes, esse e aquele ministério, nomes de personagens, políticos do Império e da República, ruas e lugares do Rio. No fim do outono, depois de ter lido e relido *Dom Casmurro*, ela comentou:

Já se vê que os narradores de Machado são terríveis, irônicos, geniais. E o homem era de fato culto. Cultíssimo, *verdad*? O século XIX francês é pródigo de grandes prosadores. Mas como Machado de Assis pode ter surgido no subúrbio do mundo?

Mistérios do subúrbio, eu disse. Ou, quem sabe, da literatura do subúrbio.

Que tipo de república é o Brasil hoje?, perguntou Victoria.

Uma república sinistra, uma ditadura.

Que lástima. Por sorte, Francisco Franco já faz parte do nosso passado, que não é menos sinistro. Os catalães o odiavam. Franco na Espanha, Salazar ao lado. Parece que vocês, latino-americanos, herdaram a alma desses déspotas.

Não sei se é uma herança de almas, talvez uma herança histórica, o passado colonial, eu disse. E então me encorajei e decidi aceitar uma taça do Rioja que ela me oferecera e estava bebendo.

Mejor así, verdad?

Así como?, perguntei.

Con vino, professor, ela disse, sorrindo.

Por supuesto. Mas por que tu te interessas tanto por Machado?

Ela ficou séria e me encarou com os olhos grandes, da

cor de açafrão. Desviei meu olhar e observei num relance os ombros quase nus, mais claros que o açafrão.

Queres mesmo saber? Por causa de Soares, meu amante português.

É professor de literatura brasileira?

Não, mas é louco por Eça de Queirós. Ele disse que Machado foi pérfido ao criticar cruelmente dois romances do escritor português. Não sei se isso é verdade; sei que Soares não se conforma com essas críticas, e até ficou exaltado quando perguntou: por que a dor física e a miséria são menos aflitivas que a dor moral? Ele não se cansa de afirmar que Eça é muito superior a Machado, que é o maior escritor brasileiro. Por isso eu quis ler no original o rival de Eça. Coisas de amantes. Agora só falta dissipar uma dúvida. Dúvida de leitora apaixonada.

Não entendi se ela se referia à obra de Machado ou ao resíduo da paixão recente. Esvaziou uma taça com um gole prolongado e nervoso, depois abriu e fechou várias vezes o livro *Papéis avulsos*, como se procurasse algum segredo dentro do volume de capa dura; com esse gesto impaciente, um lápis caiu no chão. Victoria se curvou para pegá-lo. Fingi não olhar para o decote da blusa azul, um decote em V, em cujo vértice brilhava uma flecha bordada. Meu fingimento foi desastroso, porque ela sorriu ao fisgar meu olhar indiscreto e eu acabei tomando um gole ainda mais prolongado e nervoso.

Ficamos uns segundos em silêncio. Eu ainda lamentava minha indiscrição, mas esse lamento foi substituído pelo ciúme que senti de Soares.

Acabo de enterrar nossa história, confessou Victoria. Ontem mesmo enviei uma carta para o Soares; escrevi que ele não sabe ler, porque já havia lhe dito que não sabe amar.

Terminaram? Quero dizer, não são mais amantes?, perguntei, ansioso.

Ouça a minha história, disse Victoria. Em janeiro eu viajei para o Algarve e passei uns dias em Lisboa. Quando saía do palácio da Ajuda, um homem me abordou para contar a história do palácio. Enquanto ele falava, eu reparava o homem. Nem alto nem baixo, roupa simples, um lisboeta mediano. Mas que olhos, e que olhar. Uma viúva recebe um olhar assim e sonha. Eu sonhei. E esqueci o palácio, a Nossa Senhora da Ajuda, as belezas de Lisboa. Esse encontro foi no fim da manhã. Almoçamos no Chiado, próximo ao hotel onde eu estava hospedada. Falei de mim, da minha viuvez que ia completar três anos, falei de Barcelona e da Catalunha. Ele falou de literatura: era um leitor compulsivo. E o que fazia na vida? Leio, ele disse. Consegui um emprego que me permite ler a maior parte do tempo. Bibliotecário? Nada disso: cuido de uma dama. Ganho mal, mas hoje posso provar que Eça é mais talentoso que Machado.

Eu conhecia alguma coisa de Eça, mas nada de Machado, prosseguiu Victoria. Antes da sobremesa, Soares me disse que Machado só escrevia sobre adúlteros e loucos, era um imitador vulgar de Laurence Sterne, Shakespeare, Almeida Garrett e alguns franceses. Faltava-lhe a visão crítica da sociedade, do país, uma visão que Eça esbanjava. Além disso, o tom filosofante, voltairiano, dava a Machado um ar pretensioso, puro complexo de colonizado. Teve a pretensão de ser um iluminista nos trópicos. Pretensão fracassada, claro. E ainda inventou narradores que parecem rir de tudo: do leitor, de si próprios, de Deus e até do diabo. Um brasileiro pedante, um cultor de galhofas, disse Soares a Victoria.

Victoria encheu as duas taças e continuou:

Fiquei impressionada com o tom da voz de Soares. Cheguei a pensar que Machado não era apenas um autor, mas também um inimigo. Defunto, mesmo assim, inimigo. Pois bem, o namoro começou naquela tarde. Não vou contar detalhes. Qual é a tua idade?

Vinte e oito.

Um jovem, mas nessa idade já deves ter amado e sofrido. Eu, aos trinta e seis, só havia amado um homem e esse homem morreu jovem. Soares foi meu segundo amante. Nós nos encontrávamos em Lisboa, sempre no mesmo hotel. Ele me telefonava toda semana e perguntava: Por que tu não vens tal dia? Eu ia de avião uma vez por mês, às vezes duas. Ele chegava ao hotel na hora do almoço. Comida frugal, porque nosso banquete era na cama. Ele ia embora antes de escurecer. Nunca dormimos juntos porque ele lia à noite para uma mulher.

Um enfermeiro noturno?

Já vais saber, disse Victoria. Soares não me contou mais nada de sua vida. Lia e cuidava de uma dama. Isso era tudo. Às vezes eu achava que ele ia enlouquecer de tanto comparar Eça com Machado, ou que não cuidava de ninguém e só lia a obra dos dois rivais. Uma tarde de maio, antes de sair do hotel, ele me beijou e acariciou com tanta volúpia que adiamos a nossa despedida. Foi a tarde mais ardorosa dos nossos encontros. Pensei em alugar este apartamento e me mudar para Lisboa; poderia ter sido a decisão de uma vida, mas foi uma fantasia de minutos. Ou nem isso. O coração humano é mesmo uma caixa de mistérios. Quando Soares saiu, eu o vi da janela do hotel; enquanto ele andava, eu me despedia da Catalunha, sonhando com a vida em Lisboa. Olhava para ele, embebida de desejo e felicidade, que são graças gratuitas. Até cantarolei na minha língua uma canção de amor catalã. Então ele parou e se curvou para um mendigo sentado na calçada. Meu amante tirou do bolso uma moeda, jogou-a para o alto e, quando o cobre ia cair nas mãos estendidas, Soares agarrou a esmola e deu uma gargalhada. O mendigo tomou um susto, os braços dele caíram. Soares enfiou a moeda no bolso e apressou o passo, balançando a cabeça; talvez cantasse. Eu, que cantarolava, emudeci. Pensei: qual é o segredo desse homem? Quando ele me telefonou numa quarta-feira de junho, marquei um encontro no domingo daquela semana. Ele gaguejou, disfarçou, disse que domingo era um dia ruim. E repetiu: um dia muito ruim. Parei de insistir e ameacei: domingo ou nunca mais. Ele concordou. Quem pode com uma catalã? No domingo, Soares almoçou calado e não quis ir para a cama. Quer dizer, fomos para a cama, mas ele dormiu, roncou. Eu tinha atravessado a península Ibérica para escutar o ronco de um amante e esse amante acordou assustado, vestiu-se às pressas, me beijou às pressas e foi embora. Fingi que ia ao aeroporto e segui Soares de longe. Eu me senti ridícula, rebaixada. Ele parou diante de uma casa em Alfama. Havia alguma reunião lá dentro. Três mulheres de preto entraram na casa, e eu fui atrás delas. A sala estava cheia de gente, podia ser um velório, mas era um aniversário. Cantaram parabéns, depois os convidados cumprimentaram uma mulher sentada, toda de preto. Soares não estranhou minha presença. Ao contrário, fez festa quando me viu, e me apresentou à aniversariante, que permaneceu sentada, o colo coberto por uma manta escura. Soares disse: Augusta, esta é Victoria Soller, minha professora de espanhol. Victoria, falei muito de si à minha esposa. E, depois de dizer isso, ele se ajoelhou e beijou o rosto da mulher. Um beijo demorado, tão demorado que ele teve tempo de me olhar com uma expressão cínica, voraz, de prazer mórbido. Olhar de um louco. Eu mal conseguia respirar. As pessoas falavam comigo, eu não ouvia nada. Minha rival era uma mulher idosa, mais velha que ele. Só então percebi que Augusta estava sentada numa cadeira de rodas e segurava um terço. Ela fez um sinal: queria falar comigo. Eu me curvei e ela cochichou estas palavras no meu ouvido: Ensine meu marido a amar, nem que seja em espanhol. Soares concordou, rindo, como se tivesse escutado. Saí de lá chorando, e amaldiçoei aquele homem.

Victoria levou a taça à boca e me olhou com apreensão; não enxugou os lábios que o vinho avermelhara ainda mais. O rosto dela quase tocou o meu quando disse em voz baixa:

Agora quero encontrar aquele louco nas páginas de Machado. Mas em qual conto ou romance? Tu sabes, professor?

Dançarinos na última noite

Para Marcia e Jorge Bodanzky

Quando se casaram em abril de 1988, Porfíria e Miralvo foram morar nos fundos da mansão de um cambista. Não gastavam um centavo para dormir na edícula e comer na cozinha da casa-grande. Dois anos depois, receberam uma notícia que os deixou abalados: o patrão decidira mudar-se para Brasília.

Ela ganhava um salário mínimo para cozinhar e limpar a casa. Aos sábados, Miralvo cuidava do jardim e fazia o supermercado; arrumava as compras na despensa e na geladeira e punha o recibo e o troco em cima da mesa da sala. Esse zelo moral fez do marido de Porfíria um homem de confiança. Então Miralvo passou a entregar um pacote lacrado na casa de clientes do cambista. Ele ia de táxi, e seguia as instruções do patrão: Vá direto ao endereço determinado e não converse com o motorista; deixe a encomenda nas mãos da pessoa indicada; nunca abra o pacote. Miralvo obedecia, mas apalpava o pacote e fechava os olhos, com ar sonhador. Fez dezenas de entregas em bairros diferentes, em casarões com jardins, quadras de esporte e piscina, em casas modestas de Petrópolis, Redenção e Glória, e até em barcos ancorados no porto da Panair. As entregas eram feitas de segunda a sexta e sempre à noite, quando Miralvo voltava de seu trabalho numa fábrica japonesa.

Ele pegava o ônibus antes das cinco e chegava às sete e meia na fábrica, onde tomava o café-da-manhã. Ganhava dois salários mínimos e, como o casal não gastava em comida nem aluguel, Miralvo já havia adquirido aparelhos de som e TV, e Porfíria podia comprar roupa, discos, um perfuminho.

No Natal de 1989, depois de receberem o décimo terceiro, Porfíria sugeriu: Vamos passar o Ano-Novo num motel chique, amor? Muito caro, ele disse. Uma fortuna. Deixa de ser pão-duro, Miralvo. A gente leva o aparelho de som e se diverte.

Foram de táxi ao Flor do Paraíso. Porfíria, a primeira a entrar no quarto, se surpreendeu: Que luxo, banheiro com piso de granito, as torneiras douradas, essa piscininha linda. Olha só nós dois lá em cima, disse Miralvo, apontando o espelho no teto. É o paraíso, amor. Capricha, hein? Deram adeus ao ano velho namorando e dançando, e às vezes riam da imagem dos dois refletida nas paredes, também espelhadas.

Viviam assim desde que se casaram num Sábado de Aleluia. Agora a notícia da viagem para Brasília inquietava Porfíria. Quem sabe a gente não vai morar na capital?, ela perguntou a Miralvo. Só se tu falares com o homem, eu não tenho coragem, ele disse.

Numa sexta-feira, logo depois do almoço, ela disse ao

patrão que gostaria de trabalhar com ele em Brasília. O homem concordou: desde que ela fosse sozinha.

Sozinha?

Isso mesmo. Vou morar num apartamento, o quarto de empregada é pequeno, e eu não quero morar com um casal.

Porfíria ficou pensativa; recordou que, antes de conhecer Miralvo, ela dançara com os amigos do patrão, políticos de outros estados e até uns americanos de Miami. Ela os levava aos clubes dos Educandos e da Cidade Nova, onde os ensinava a dançar carimbó e forró. Ganhava roupa nova do patrão, roupa cara, mas essa mamata acabou quando ela casou com Miralvo.

E então, vamos morar na capital?

Sem Miralvo não arredo o pé de Manaus, ela disse, com tristeza. O cambista acariciou o queixo dela e riu: Isso é que é amor, Porfíria.

Na mesma sexta-feira, Miralvo voltou da fábrica com uma péssima notícia: perdera o emprego para um robô japonês. O cambista chamou o casal e disse: Não vou deixar vocês na rua. Peguem um barco amanhã mesmo e vão conversar com o gerente de um hotel de selva, o New Horizon. Já falei com o cara, agora é só trabalhar.

Na manhã do sábado, quando se despediram do patrão, ela chorou; o homem abraçou-a, beijou-a no rosto: A vida é assim, Porfíria. E apertou a mão de Miralvo: Cuida da tua mulher, rapaz.

O New Horizon era uma torre de madeira e vidro à margem do lago do Ubim. O gerente perguntou o que Miralvo sabia fazer. Qualquer serviço, ele disse. Qualquer trabalho que um robô não dá conta. Sabes remar? Claro, ele disse. E dançar que nem índio? Sei, sim, disse Miralvo, quase num susto.

De manhã cedo, Miralvo levava um grupo de turistas estrangeiros para passear de canoa no lago do Ubim. Pescava com eles, falava dos botos, do rio, contava lendas. Um intérprete traduzia para o inglês e, quando um turista não entendia inglês, Miralvo gesticulava, fazia mímica; depois do almoço, ele caçava e pescava, e vendia por uma pechincha peixe e carne de caça para o restaurante do hotel. Às vezes, para ganhar uns trocados, ele passeava com uma cobra viva no bar do hotel, ou então pendurava bananas nos braços esticados para atrair macacos e divertir as crianças. À noite os mesmos turistas do passeio matinal viam Miralvo dançar no salão de festas do New Horizon. Poucos o reconheciam, porque o corpo do dançarino estava pintado com figuras geométricas. Com um pouco de sorte, embolsava dois ou cinco dólares de hóspedes estrangeiros, que jogavam a cédula numa cuia. Durante o verão no hemisfério norte, a gorjeta aumentava e dobrava o salário. Ele se deixava fotografar com um grupo de hóspedes sorridentes dos Estados Unidos, Japão ou Alemanha, e mal se reconhecia nas imagens que lhe enviavam: Miralvo com um cocar de penas de gavião, o peito e o rosto pintados com sumo de urucum, os pulsos e tornozelos enfeitados com plumas de garça e ararinha. Ele quis imprimir um cartão-postal com a sua melhor foto, poderia vendê-lo aos hóspedes, mas desistiu quando soube o preço da gráfica.

Depois de trabalhar cinco meses como arrumadeira, Porfíria foi transferida para a cozinha, onde ajudava a lavar louça e servir o café-da-manhã. Ela e Miralvo moravam numa casinha de madeira no outro lado do lago; depois da dança indígena, os dois viam os turistas beber uísque e caipirinha, e sambar com passos atropelados. Mas queriam mesmo era assistir aos shows com músicos do Caribe e dançar. Lá de baixo, viam o salão iluminado do New Horizon, escutavam os sons abafados e dançavam na beira do lago, à luz da lua, de costas para a floresta.

Porfíria aprendera a dançar música caribenha com uma amiga colombiana, casada com um suboficial do Exército. Foi numa festa no clube dos sargentos que ela conheceu Miralvo; quer dizer, ele olhou a moça dançar salsa e cúmbia, e na mesma noite aprendeu os primeiros passos, pegou o jeito, se entusiasmou. Ela dançava com graça e enxerimento, o corpo empinado requebrava com ritmo, os passos leves no compasso certo. E que rebolado, que voz. Ela e a amiga cantavam em espanhol, mas Miralvo só ouvia Porfíria, que ele mal conhecia e já estava enciumado. Não a largou mais. Depois de três meses de namoro pularam da salsa cubana para o altar e festejaram o casamento num pagodão da Vila da Prata. Compravam discos nas tendas dos camelôs da Matriz e, no tempo em que moraram na casa do cambista, iam aos sábados aos rala-buchos da Compensa e da Cachoeirinha. Agora, no New Horizon, sentiam falta das noites de Manaus.

Quando Porfíria tentou assistir ao show de uma banda de Georgetown, foi barrada na entrada do salão: só hóspede podia entrar. Ela se sentiu humilhada, e no dia seguinte, hora do almoço, chamou Miralvo e foram falar com o gerente. Quando passavam pelo lobby, viram o ex-patrão entre duas mulheres. Estava mais elegante, embora mais gordo, mais perfumado e muito mais risonho. Porfíria abriu os braços, fez festa, quis saber se ele estava gostando de Brasília. Muito trabalho, ele disse. E vocês, estão gostando do New Horizon? Dá pra viver, ela respondeu. Mas não deixam a gente ver os músicos da Guiana. O senhor pode ajudar? O cambista riu: Porfíria, tu não tens jeito mesmo. Vou resolver isso.

Um homem se aproximou, Miralvo o reconheceu e desviou o olhar, com medo de estragar o encontro. O show vai até sábado, disse Porfíria. Podem vir sábado, eu mesmo vou falar com o gerente, disse o homem.

Ela agradeceu beijando-lhe a mão, e no sábado pôs uma roupa que ela só usara em Manaus. Como o show começava depois da dança indígena, Miralvo foi tomar banho em casa e se vestir; às dez da noite Porfíria perguntou pelo cambista no lobby do hotel.

Foi embora hoje cedo, disse um funcionário.

Hoje cedo? Mas ele não deixou os nossos convites para o show?

O hóspede não deixou nada.

Porfíria pôs as mãos na cintura e encarou o funcionário: Nada? Doleiro safado, sem palavra.

Não puderam assistir ao show e voltaram em silêncio para a beira do lago; Miralvo quis pôr um disco, mas esquecera de comprar pilhas novas. Nem luz elétrica tem na porra dessa casa, ele desabafou.

E se a gente voltar pra Manaus?, disse Porfíria. Podemos vender bugigangas no centro e artesanato na porta dos hotéis chiques. Ou conseguir serviço numa fábrica.

Mesmo se a gente conseguir, não dá, Porfíria. Sabes onde vamos morar? Num barraco de área invadida, sem água nem luz. E ainda vamos ter que andar até o asfalto para pegar dois ônibus.

Peço um dinheirinho da minha amiga colombiana, ela sugeriu.

Que dinheirinho? Tua amiga não trabalha, e o marido dela é sargento, mal tem pra comer.

Numa manhã de outubro, rio baixo e calorão, Miralvo não encontrou a paca que caçara depois do almoço. Não viu rastros de onça no lugar onde deixara o animal. Ia ganhar uns trocados com a carne do bicho, se enraiveceu, até naquele lago tinha ladrão! Caminhou pela canarana alta e parou próximo da floresta. Em seguida rondou por ali, intrigado. Quando voltava para a beira do lago, viu o corpo do monstro, tufado ainda, só o fim da cauda enrolada. Era enorme, e ele se animou: turista gostava de pele de cobra para enfeitar a sala. Com um terçado, Miralvo golpeou com força a cabeça da jiboia, depois deu pauladas na mandíbula ferida e, enfurecido, furou-lhe os olhos com a ponta de aço e decepou-lhe a cabeça. Queria a paca de volta. Esperou a raiva passar e rasgou a pele da cobra com gestos de artesão, sem pressa. Encontrou a paca estraçalhada, dois sapos apodrecidos, cinco pulseiras de plástico, uma boneca sem cabeça e uma carteira de couro. Largou o terçado, as mãos trêmulas abriram a carteira: um maço de dólares, notas umedecidas. Novinhas! À noite ia fazer uma surpresa para Porfíria. Limpou as cédulas verdes e secou-as no piso da palafita; recontou três vezes o dinheiro, atrapalhando-se com os números, refazendo a soma com uma alegria alucinada. Escondeu o maço numa lata velha de querosene.

Naquela noite ele dançou com passos exagerados, pulando que nem cabrito, gargalhando à toa. Depois da dança indígena, o gerente perguntou a Miralvo se ele bebera cachaça. Parecia um bêbado no salão. Não bebo quando trabalho, ele disse. A dança é coisa séria.

Em casa, Porfíria beliscou o braço do marido: Por que

tanta alegria, amor? Ele tirou os dólares da lata de querosene e focou a lanterna na pele da jiboia, esticada na beira do lago. E contou seu plano: comprariam um sítio na várzea do Careiro, criariam porcos e galinhas, plantariam mandioca, frutas.

Ela discordou: queria ver os músicos e dançar.

E o nosso futuro?

Esse dinheiro não dá futuro, só prazer.

Discutiram. Miralvo ainda argumentou: uma espingarda para caçar, uma canoa, um motorzinho de popa chinês.

E depois, amor? Tudo isso acaba: a arma, a canoa, o motorzinho. O prazer dura uma noite, mas a lembrança é para sempre.

Iam brincar com a sorte?

Porfíria não arredou o pé: A gente vai é se divertir, isso sim. Sorte é nascer em berço bom e poder estudar.

Porfíria soube que El Gran Combo da Colômbia faria um show no dia 15 de novembro. Quando ela reservou uma noite na suíte imperial do New Horizon, o gerente perguntou onde a empregada tinha conseguido tanto dinheiro.

No bucho de uma jiboia, mano.

Na véspera do show, eles foram a Manaus e passaram uma tarde no Barateiro dos Educandos. Porfíria escolheu para ele um par de sapatos, uma camisa vermelha, uma calça jeans. E comprou para ela um vestido estampado com um decote escandaloso em forma de coração, um par de sandálias de couro e um estojo de maquiagem.

Ao meio-dia de 15 de novembro, quando entraram na suíte imperial, ela se jogou na cama e lembrou em voz alta:

Arrumei mil vezes esse quarto de rainha.

Amanhã vais lavar pratos e panelas, disse Miralvo.

Mas é hoje que a gente vive, amor.

Ao ver o El Gran Combo no palco, Porfíria aplaudiu de pé, enquanto Miralvo ainda lamentava os dólares esbanjados; mas, quando os músicos gritaram: *A bailar, a bailar*, ela o agarrou pela cintura e o par deu vários volteios até o meio do salão. No fim da primeira cúmbia Miralvo já era outro: o mesmo das noites de Manaus. Os hóspedes abriram espaço para os dois dançarinos, tentavam imitá-los com timidez, fotografavam, filmavam. Porfíria girava e requebrava, cantava as canções que sabia de cor, agradecia os aplausos com as mãos juntas sobre o decote. Já tarde da noite, alguns hóspedes saíram do salão, outros dormiram debruçados na mesa, mas Porfíria e Miralvo não pararam. Quando o lago escureceu mais que o céu, os músicos anunciaram um bolero para o casal *bailar apechugado*. Tocaram "Toda una vida", e os dois, abraçados, molhados de suor e prazer, dançaram devagar, de frente para o lago e a floresta, oscilando na noite que teimava não ter fim.

Nota do autor

Dos contos deste livro, seis são inéditos em português: "Um oriental na vastidão", "Dois poetas da província" (já publicado na França), "O adeus do comandante", "Manaus, Bombaim, Palo Alto", "Encontros na península" e "Dançarinos na última noite". Os demais saíram em jornais, revistas e coletâneas no Brasil e/ou no exterior. Todos foram reescritos para esta edição.

"Manaus, Bombaim, Palo Alto" foi lido no IX Congresso Internacional da ABRALIC (Porto Alegre, 2004); "Encontros na península", na abertura do simpósio internacional Caminhos Cruzados: Machado de Assis pela Crítica Mundial (São Paulo, MASP, 25 de agosto de 2008).

"Varandas da Eva" foi publicado em *De primeira viagem — Antologia de contos* (vários autores, org. Heloisa Prieto, São Paulo: Companhia das Letras, 2004).

"Uma estrangeira da nossa rua" saiu na revista *Bravo!* (São Paulo, abril de 2004).

"Uma carta de Bancroft" foi publicado no *Jornal da Tarde* (São Paulo, 9 de março de 1996). Saiu ainda na França, com o título "Une lettre de Bancroft", na revista literária *Europe* (trad. Michel Riaudel, Paris, novembro-dezembro 2000, nº 859-860).

"Dois poetas da província" saiu na *Nouvelle Revue Française, NRF,* com o título "Qui sont les sauvages" (trad. Michel Riaudel, Paris: Gallimard, abril 2005, nº 573).

"Dois tempos" integrou a coletânea *A alegria — 14 ficções e 1 ensaio* (vários autores, São Paulo: Publifolha, 2005).

"A casa ilhada" foi publicado no jornal *O Estado de S. Paulo*, com o título "Encontro no Bosque" (*Caderno 2*, 18 de abril de 1998).

"Bárbara no inverno" integrou a coletânea *Aquela canção — 12 contos para 12 músicas* (vários autores, São Paulo: Publifolha, 2005).

"A ninfa do teatro Amazonas" saiu n'*O Estado de S. Paulo* (*Caderno Especial*, 4 de fevereiro de 1996). Nos Estados Unidos, com o título "The truth is a seven-headed animal", foi publicado na *Grand Street Magazine* (Nova York, 1998, nº 64) e na *Oxford anthology of the Brazilian short story* (ed. K. David Jackson, Nova York: Oxford University Press, 2006).

"A natureza ri da cultura" foi publicado com o título "Reflexão sobre uma viagem sem fim" na *Revista USP* (1992, nº 13) e n'*O Estado de S. Paulo* (*Caderno 2*, 27 de janeiro de 1996), bem como no catálogo "Contraditório — Panorama da arte brasileira 2007", curadoria Moacir dos Anjos, São Paulo: Museu de Arte Moderna de São Paulo (MAM), 2007. No México, integrou a *Nueva antología del cuento brasileño contemporáneo* com o título "Reflexión sobre un viaje sin fin" (ed. e prólogo Valquiria Wey, trad. Romeo

Tello, Cidade do México: UNAM, 1996). Na Alemanha, com o título "Nachdenken über eine Reise ohne End", fez parte de uma antologia de mesmo nome editada por U. Hermanns e Kurt Scharf (trad. Ute Hermanns, Berlim: Babel Verlag/Haus der Kulturen der Welt, 1994). Na França, com o título "Réflexion sur un voyage sans fin", saiu na *Europe* (trad. Claude Fages, Paris, abril 1992, nº 756). Com o título "Tamulaat fi rihlatin bila nihaaya", tradução de "Reflexão sobre uma viagem sem fim", foi publicado no Egito, na revista *Sutour* (trad. Safa Abouchahla Jubran, Cairo, 2001, nº 51), e também em Omã, na revista *Nizwa* (trad. Safa Abouchahla Jubran, 2001, nº 26).

Agradecimentos

No conto "Manaus, Bombaim, Palo Alto" usei livremente um breve trecho do ensaio "Indian literature: Notes towards the definition of a category", de Aijaz Ahmad, do livro *In theory — Classes, nations, literature* (Londres/Nova York: Verso, 1994).

Leiko Gotoda gentilmente sugeriu o nome de um personagem no conto "Um oriental na vastidão".

Agradeço às amigas Susana Scramim, Stefania Chiarelli, Ana Lúcia Trevisan e Maria da Luz Pinheiro de Cristo a leitura dos originais e o estímulo à publicação deste livro.

Sobre o autor

Milton Hatoum nasceu em Manaus em 1952, formou-se em arquitetura na USP e foi professor de literatura na Universidade Federal do Amazonas e na Universidade da Califórnia em Berkeley. Estreou na ficção com o romance *Relato de um certo Oriente* (1989, prêmio Jabuti/ melhor romance). É também autor de *Dois irmãos* (2000, prêmio Jabuti/ 3º lugar), *Cinzas do Norte* (2005), vencedor dos prêmios Jabuti, Livro do Ano, Bravo!, APCA e Portugal Telecom, *Órfãos do Eldorado* (2008, prêmio Jabuti/ 2º lugar) e da coletânea de crônicas *Um solitário à espreita* (2013), todos publicados pela Companhia das Letras. Sua obra já foi publicada em dezessete países.
<www.miltonhatoum.com.br>

1ª EDIÇÃO [2009] 8 reimpressões

ESTA OBRA FOI COMPOSTA EM MERIDIEN PELO ESTÚDIO O.L.M. E IMPRESSA
EM OFSETE PELA GEOGRÁFICA SOBRE PAPEL PÓLEN BOLD DA SUZANO PAPEL
E CELULOSE PARA A EDITORA SCHWARCZ EM JANEIRO DE 2017

A marca FSC é a garantia de que a madeira utilizada na fabricação do papel deste livro provém de florestas que foram gerenciadas de maneira ambientalmente correta, socialmente justa e economicamente viável, além de outras fontes de origem controlada.